LE PRINCE HÉRITIER

Paru dans Le Livre de Poche :

LA NUIT DES ENFANTS ROIS
LA GAGNE
LA GUERRE DES CERVEAUX
SUBSTANCE B

Les Enfants de Salonique :

1. LES ENFANTS DE SALONIQUE
2. LA FEMME SECRÈTE
3. DIANE
VOYANTE
VOL AVEC EFFRACTION DOUCE
ENNEMI

Les Maîtres du pain :

1. LES MAÎTRES DU PAIN
2. L'HÉRITAGE
LA FORTUNE DES LAUFER
L'EMPEREUR DES RATS

BERNARD LENTERIC

Le Prince héritier

L'Empereur des Rats
2

PLON

À Eva, ma souris préférée.

J'étais né pour accomplir de grands crimes.

Sans états d'âme, j'ai intrigué, fomenté des complots machiavéliques, torturé, assassiné des milliers de sujets.

Bref, j'ai commis les plus abominables forfaits en toute impunité. Il y a une justice, j'en ai été récompensé par la Gloire et la Fortune.

Moi, Alcibiade, dominant du sérail, général en chef des armées, j'ai servi mon Empereur. À sa mort, je suis devenu le régent de l'Empire.

Pour une crapule, qui dit mieux ?

Pourtant, je suis le plus malheureux des rats. On m'a proscrit, exilé sur un territoire qui ne figure pas sur nos cartes. Et je dois ce châtiment à une faute impardonnable : la seule bonne action de ma vie !

Ces imbéciles ont-ils oublié qu'un destin m'attend ?...

Ces archives témoigneront pour moi devant l'Histoire.

Personne n'en sait plus long qu'Alcibiade sur l'Empereur des rats et sur Coriolan, le bâtard, le prince héritier...

Seul un démon peut raconter l'enfer.

CHAPITRE 1

Tout commence à la fin du règne de Jupiter, Empereur adoré du peuple et abhorré par moi, son chef d'état-major. Je complote contre cette vieille charogne qui s'est découvert sur le tard une vocation pacifiste. Sa Majesté veut conclure un pacte avec notre pire prédateur, l'homme. Rien que ça. Désarmer devant l'ennemi héréditaire... Une folie.

Malgré mes efforts, je ne puis empêcher Jupiter de trahir sa race. Il rend son dernier souffle dans les bras d'un humain. Comme un caniche choyé par ses maîtres. Une mort indigne.

Enfin, je suis libre. Le Collège des princes me confie la régence. Je n'ai plus qu'à tirer l'échelle, m'asseoir sur le trône et rompre la trêve. L'Empire compte trente milliards de rats. C'est bien assez pour gagner la guerre. Je n'ai qu'un mot d'ordre à lancer : mort à l'humanité !

Mais le régent des rats n'est qu'un tyran provisoire. Je suis là pour chauffer la place.

Derrière moi, un raton de cinq mois, une raclure de navet, se prépare à la succession. C'est le fils de Jupiter, Coriolan, le dernier-né de son innombrable descendance, et le seul à porter le titre de prince héritier.

Ce bâtard, tout juste bon à m'épouiller le dos, a eu pour mère une rate blanche, une misérable esclave de laboratoire, qui l'a allaité en cage avant que des humains ne s'emparent de son morveux pour l'élever comme un des leurs. Et c'est ce singe-là qu'on me jette dans les pattes.

Pour moi, Coriolan n'est pas un rat, mais un suppôt des hommes.

Christian Thévenet déposa Coriolan, jeune rat âgé de trois mois et demi, à l'entrée d'une bouche d'égout de l'avenue René-Coty, à proximité immédiate des réservoirs d'eau potable du quartier Montsouris. Il était trois heures du matin et la scène n'eut aucun témoin. Dès que Coriolan se fut engouffré dans le collecteur en ciment, une dizaine de rats gris se portèrent à sa rencontre.

Il était attendu.

Averti de l'entrée du prince héritier dans les tunnels conduisant au sérail, le régent avait donné l'ordre à sa police de s'emparer de lui (« Sans lui casser le crâne », précisa-t-il) et de le conduire dans sa tanière, une caverne tapissée de trophées pris sur l'ennemi : scalps de rats noirs, oreilles de chiens, plumes de hiboux, mues de serpents.

Devant Coriolan, Alcibiade sortit les crocs et, d'un jet de salive, renvoya l'escorte. Puis il fit signe au jeune rat d'approcher pour flairer sa fourrure et mesurer la longueur de ses griffes. L'examen ne fut pas long. Le jeune rat avait hérité de Jupiter, son géniteur, la dignité impériale. Le même port de tête, la même arrogance et le même parfum : cette pourriture des marais qui distinguait l'aristocrate du parvenu qu'était le régent.

Ce dernier ravala sa bile.

— Mon prince, tu es ici chez toi.

— 'ci, se contenta-t-il de répondre.

« S'il comprend notre langue, se dit Alcibiade, le bâtard ne la parle point. »

Il s'adressa à son odorat. Ce système de communication utilisé par les rongeurs passait par des phéromones, ou messages olfactifs, que les rats gris codaient pour les rendre indéchiffrables aux autres espèces, voire à des clans adverses. Alcibiade s'exprima selon les usages du sérail. Le jeune prince ne pouvait ignorer ce langage inscrit dans ses gènes.

— Avant sa mort, Sa Majesté m'a confié la garde de l'Empire et m'a demandé de veiller sur toi. Jusqu'à ce que tu sois en âge de monter sur le trône, je guiderai tes pas.

— O.K.

Coriolan avait émis un son, pas une odeur.

— Mon prince, dit Alcibiade, tu parles à un rat de bonne race, pas à un homme. Que signifie ce bruit ?

— O.K., ça veut dire que je suis d'accord.

Et il pinça le museau. Le régent prit très mal cette mimique. Il urina aux pieds de l'insolent pour lui montrer la limite à ne pas franchir. Coriolan recula d'un pas en haussant les épaules. L'œil d'Alcibiade n'en finissait pas de s'arrondir. Il n'avait encore jamais vu un rat faire ce geste. Exaspéré, il souffla dans ses narines :

— Écoute-moi bien, petit... J'en ai dévoré pour moins que ça. Alors surveille-toi. C'est un conseil d'ami.

Cette fois, Coriolan rentra le cou. « La leçon a porté », se dit Alcibiade. Pour réconforter le prince, il l'invita à mordre dans un morceau de viande. Sans succès.

— Allons, mon prince, pas de manières, régale-toi de cette chair. Les mouches y ont pondu leurs œufs...

Coriolan leva la tête :

— Je n'ai pas faim.

Nouvelle et grave offense.

— Tu mangeras ! couina le régent en le pinçant à l'oreille. Tu mangeras et après avoir mangé, tu diras : « Merci, Monseigneur » !

Pourquoi ne l'ai-je pas égorgé cette nuit-là ?

C'est là un mystère irritant. Me débarrasser au plus tôt de cet ahuri. L'empoisonner ? Pas facile. Le bâtard a du flair. Lui tendre une embuscade ?... Il faudra alors sauver les apparences, prévenir les soupçons. En cas de meurtre, les mulots du Conseil de régence mèneront une enquête. J'en tiens quelques-uns, pas tous. Ceux-là feront du zèle.

Il doit y avoir un autre moyen, plus sûr. Avec des témoins impartiaux. Un assassinat légal.

CHAPITRE 2

Du vivant de Jupiter, l'Empire des rats avait tenté d'entrer en contact avec l'humanité pour mettre fin à la guerre séculaire qui opposait les hommes et les rats. Coriolan, le fils de Jupiter, avait été conçu pour cette mission de paix. Né dans l'animalerie d'un laboratoire scientifique, le jeune rat, grâce à son intelligence exceptionnelle, avait réussi à communiquer avec des chercheurs et à convaincre l'un d'eux, Christian Thévenet, de lui venir en aide. À la mort de Jupiter, Coriolan, appelé à lui succéder sur le trône impérial, avait été rendu à son peuple par Thévenet, l'homme qui l'avait écouté, compris et protégé jusqu'alors.

Coriolan serait peut-être le premier rat à instaurer une paix durable avec les hommes. Mais, pour l'heure, la guerre faisait toujours rage.

La nuit où Coriolan fut introduit dans la tanière d'Alcibiade, une attaque aux gaz provoqua la mort d'une centaine de surmulots piégés dans un entrepôt de la banlieue parisienne. Les dératiseurs avaient employé les grands moyens : dispersion de produits toxiques au sol et verrouillage de toutes les issues. Leurs victimes furent surprises alors qu'elles rongeaient des câbles électriques.

Le Conseil de régence en fut informé à l'aube par des phéromones émises par les services d'octroi du Grand Labyrinthe. Les morts appartenaient à la régie des métaux. Un clan spécialisé dans la récupération. Ses membres opéraient des raids éclairs destinés à approvisionner en cuivre et en métaux ferreux la cité administrative du sérail. Leur échec retarderait les livraisons. C'était au Conseil de régence d'y remédier. La routine. Quant aux victimes du traquenard, les rats de la statistique impériale en porteraient le compte dans la colonne des pertes, en face de celle des naissances. On verrait plus tard à corriger le solde. C'était la procédure administrative. Le régent lui-même n'avait pas à intervenir. Coriolan ignora donc ce problème d'intendance.

On l'avait bouclé dans ses appartements. Il était censé y prendre sa première matinée de repos.

Mais il eut du mal à trouver le sommeil.

Coriolan avait grandi dans le *monde d'en haut*, à la lumière du jour. Recueilli par Christian Thévenet, il avait grandi en liberté dans la famille du chercheur, dans un mas provençal. Période d'apprentissage et de bonheur. Victor, un garçon de onze ans, fils de Christian Thévenet, avait offert son amitié au jeune rat. Une amitié d'enfance, entière, sauvage, indéfectible. Tous deux passaient leurs journées à battre la campagne. Coriolan avait l'habitude de courir dans les roseraies bordant les marais de Camargue et de lézarder au soleil de midi... C'était sa première expérience des ténèbres souterraines.

Il aurait aimé voir le lever du soleil et sentir la fraîcheur du matin le ravigoter et verser dans ses narines un flot d'odeurs familières. L'odeur de la maison qui s'éveille, l'odeur des toasts encore chauds, et celle du breuvage noir que les hommes consommaient d'abondance à cette heure de la journée et dans lequel il aimait tremper ses lèvres.

Quand le jeune prince ouvrit les yeux, son regard ne rencontra que l'obscurité et son odorat n'enregistra qu'une odeur douceâtre de craie et de sable gorgés d'humidité. L'instant d'après, une sourde vibration ébranla ses muscles. Le Grand Labyrinthe avait repris ses activités de sape. On creusait de nouvelles galeries à proximité du sérail. Des millions d'ouvriers à la dent dure travaillaient à miner un peu plus chaque jour les fondations de la ville. C'était une œuvre de longue haleine, un labeur séculaire que les rats accomplissaient d'instinct, jusqu'à épuisement de leurs forces.

Coriolan manquait d'air. Il appela, mais son cri resta sans écho. Il se sentit soudain très seul. On le traitait en suspect.

De ses congénères, il n'avait vu qu'une dizaine de spécimens, guère sympathiques. Des policiers et le régent ; un fauve servi par des brutes. Coriolan s'était fait une tout autre image du pays de son père. Et du centre de son Empire.

Un bâillement l'arracha à ce triste constat. Il n'avait rien de mieux à faire pour l'instant que de se rendormir.

Le régent en décida autrement.

Un mulot mal peigné fit irruption dans sa chambre. Il était porteur d'un message : Alcibiade attendait le jeune prince pour un entretien privé. Coriolan obtempéra de mauvaise grâce.

Le régent semblait d'excellente humeur.

— Mon prince, as-tu bien dormi ?... Ne dis rien, j'ai deviné... Tu n'es pas encore habitué à nos appartements. C'est un peu vide, un peu solennel... Si, si... Je suis le premier à m'en plaindre. Ça manque de mobilier.

Coriolan n'avait pas achevé sa toilette. Il se léchait les pattes. Le régent sentit la colère monter en lui mais il était décidé à garder son calme.

— Nous allons arranger cela... Tu auras de la paille et une gentille écuelle en étain pour tes ablutions... Ne me remercie pas, c'est la moindre des choses pour un futur Empereur. (Alcibiade émit un son grêle. Il changeait de registre.) Maintenant, sois bien attentif à ce que je vais te dire... Le peuple ne te connaît pas encore, et moi, j'ai envie que tu te montres à ton avantage. Si possible dans une posture héroïque. Ton père était un splendide guerrier. Un brave. Tu te dois d'égaler ce modèle...

Coriolan en était à se lustrer les poils.

— Je ne suis pas certain, mon prince, poursuivit Alcibiade avec une pointe d'irritation, que tu aies saisi l'importance de mon propos. Je vais donc m'efforcer d'être clair. À cette heure, des esprits malveillants colportent des ragots sur ton compte. Le « bâtard »... Je rapporte à mon prince ce que m'en dit la police... Le « bâtard » serait un usurpateur, un fantoche, un escroc, et je te passe le reste. Évidemment, pour les gens, tu n'es pas d'ici. Tu n'as pas vu le jour sous terre... Si le Bien-Aimé, ton père, était encore là pour te défendre, il les ferait ramper rien qu'en prononçant ton nom... Mais voilà, Sa Majesté n'est plus. Et moi, son loyal serviteur, ton ami, je ne suis que régent. Il me faut leur fournir des preuves, comprends-tu ?

Coriolan venait de finir le polissage de ses incisives. Alcibiade le houspilla de la pointe du museau. Le jeune rat semblait ignorer qu'il se trouvait en présence du régent d'un Empire abritant trente milliards de sujets. Ni l'heure ni le lieu n'autorisaient une telle désinvolture.

— Mon prince, il est temps qu'on te secoue les puces ! Ton père m'a chargé de ton éducation, et j'y veillerai personnellement. Pour commencer, tu vas me tronçonner ce tube métallique, là, devant toi. Que je voie un peu si tu as de la force dans les mâchoires.

Coriolan jeta un œil perplexe sur le cylindre en fer qu'on lui demandait de débiter. Il se demanda si c'était comestible puis s'attaqua courageusement à cet ouvrage.

L'examen parut satisfaire le régent.

— Pas plus tard que demain, rugit Alcibiade, je t'organise un beau combat. Je vais leur clouer le bec, moi, à ces mécréants ! Que le fils de Jupiter leur montre de quoi il est capable. Bon sang ne saurait mentir... Si tu remportes le combat, cette victoire sera la preuve éclatante de ta bravoure. Plus rien ne s'opposera à ce que tu sois l'héritier légitime du trône.

Coriolan se sentit brusquement en danger. Il n'avait jamais combattu. Il se dressa sur ses antérieurs et planta son regard dans celui du régent.

— Que veux-tu de moi au juste ?

— Rien de spécial. Te dégourdir les jambes, t'amuser, faire du sport... Que dirais-tu de flanquer la raclée à trois de mes gardes ?... Parce que n'en affronter qu'un seul, entre nous, serait indigne de ton rang... Je te rassure : cette piétaille est sans malice. Bâti comme tu es, tu n'as rien à craindre. Tu leur rentres dedans, tu m'arraches une oreille et l'affaire est réglée. Une séance d'échauffement, rien de plus.

Silence.

— Acceptes-tu le défi ?

Coriolan secoua la tête. C'était non.

— Monseigneur, je ne suis pas descendu dans ce monde pour faire couler le sang mais pour construire la paix. Mon père était un guerrier mais il a voulu que son fils soit un rempart contre la haine et la violence qui déchirent nos cœurs. Je n'aime pas la bagarre.

C'était la première fois que le prince se montrait aussi éloquent. Mais Alcibiade n'en était plus à surveiller sa syntaxe.

— Quoi ! Ça ne sait rien de la politique et ça voudrait m'apprendre le métier !... Sais-tu, puceron, que j'ai vécu trente-deux lunes dont trente à livrer bataille pour la survie des nôtres ? Et tu voudrais, toi, te carrer sur ton cul et prêcher la concorde universelle ! Mais pour gagner la paix, doux prince, il faut gagner la guerre, et pour gagner la guerre, il faut risquer sa peau. Aucun rat n'acceptera d'être gouverné par un lâche.

— Le vrai courage n'est pas d'égorger ses ennemis mais de traiter avec eux. Et j'aurai ce courage.

— Assez finassé ! Je te domine encore d'une demi-longueur de queue, je suis ton tuteur et je gouverne l'Empire. Tu n'as pas le choix. Ce combat, tu le feras, devrais-je t'y traîner par la queue.

— En ce cas... Qui sera l'arbitre ?

— Moi, pardi. Je suis là pour te protéger, non ?

Coriolan ne put s'empêcher de frémir.

Je l'envoie au feu. Le bâtard aura à faire à trois femelles rouges, les plus fines lames de ma garde. Je ne connais pas de meilleurs soldats que ces demoiselles... Même un chien enragé détalerait devant ces furies.

Le spectacle aura lieu devant les plus grands dignitaires du sérail. Des carnassiers. On peut compter sur eux pour chauffer la salle.

Souhaitons que ça le tue. S'il survit...

CHAPITRE 3

— J'ai dirigé des centaines de compagnies, des millions de personnes ont travaillé pour moi sur tous les continents, et, au bout du compte, je me retrouve à la tête du plus petit club de la planète, dit l'homme en complet gris.

Le constat se voulait ironique.

— Merci de nous avoir offert le privilège d'en faire partie, lui répondit un jeune type tout en longueur, avec des yeux rieurs et une tignasse en bataille.

Cette nuit-là, la réunion n'avançait pas. Enfin,

pas plus que la dernière fois ou que l'avant-dernière. Ils tournaient en rond. Un vrai casse-tête.

Ils étaient trois, seuls membres de ce club mystérieux, trois hommes réunis sous une coupole vitrée, au sommet d'un parallélépipède de verre et d'acier qui se dressait en bordure du périphérique sud, dans le XIIIe arrondissement de Paris.

Cet édifice abritait le siège de la Fondation pour les sciences de la vie et de l'environnement. Cette institution financée par des capitaux privés constituait un prodigieux outil de recherche fondamentale. Des centaines de généticiens, neurochimistes et biologistes supérieurement équipés travaillaient dans ses laboratoires. La plupart s'y confrontaient à l'ultime frontière : la connaissance du cerveau. Leur objectif : sortir de nouvelles molécules capables d'accroître les possibilités intellectuelles de l'être humain et de l'aider à surmonter ses névroses et ses crises existentielles.

L'homme en complet gris, le plus âgé des trois, se tenait accoudé à la rambarde d'une passerelle qui courait le long de l'immense voûte hémisphérique. Sa silhouette semblait flotter dans la lumière océane qui baignait le dôme de verre.

Tadeuz Karoly se mit à arpenter la passerelle, raclant des talons le caillebotis métallique.

Pour celui qu'on appelait aussi l'Honorable Commanditaire ou le Vieil Homme et qui avait bâti son empire industriel et financier sur les dépouilles des vieilles nations, il n'y avait jamais eu dans la vie que des solutions. Y compris expéditives. Son instinct de prédateur lui commandait d'agir. Pas d'attendre un miracle.

Aussi bouillait-il davantage que les deux autres.

Il habitait cette nacelle de cristal depuis trois mois. Logé au sommet d'une fondation qui était son sanctuaire. Son mausolée. Sa prison. La fondation était son œuvre. Il en finançait les activités et veillait à ce que ses chercheurs ne s'écartent pas des objectifs fixés.

Le Vieil Homme se voulait aussi puissant qu'invisible. Malheur à celui qui aurait prononcé le nom de Tadeuz Karoly ou pis encore volé son image. Pas d'interviews, pas de photos. Seuls les deux hommes qui, ce soir-là, conféraient avec ce sexagénaire à l'élégance discrète, savaient qui était Tadeuz Karoly et quel était son pouvoir.

Il pesait une dizaine de milliards de dollars. Du marché planétaire, il avait fait son jardin des délices. L'ogre était boulimique. Ses usines avaient ravagé des forêts, asphyxié des fleuves et des lacs, et son argent corrompu la moitié des gouvernants de la planète... Jusqu'au jour où le Vieil Homme avait fait mine de se retirer des affaires pour venir vivre dans sa bulle.

Un monde à part où les toiles de maîtres, les miroirs de Venise, les bronzes et les statues gravitaient en silence autour de sa personne. Tadeuz Karoly aimait s'entourer de ce que l'humanité avait produit de plus rare et de plus beau. Il aimait aussi le confort. Sa tanière avait été conçue, dans ses volumes, ses matériaux et ses équipements, comme une station martienne. Il y régnait un air dépollué, un climat ni trop sec ni trop humide, une clarté limpide. Et son propriétaire, où qu'il se trouvât, n'avait pas besoin de forcer la voix pour se faire entendre de ses hôtes.

Mais il ne recevait personne. À l'exception des deux visiteurs nocturnes que le Vieil Homme traitait comme il n'avait jamais traité aucun être humain avant eux, en amis.

Les trois hommes formaient un groupe aussi indissociable que disparate.

Le Vieil Homme était censé présider la réunion. Le benjamin des trois faisait office de secrétaire. En théorie. Dans la pratique, il notait surtout ce qui lui passait par la tête. Souvent, ça n'avait rien à voir avec la question du jour.

Neurochimiste spécialisé dans l'étude du système nerveux central, Christian Thévenet était le cerveau du groupe.

L'Honorable Commanditaire l'avait propulsé deux mois plus tôt d'un tabouret du labo de pharmacologie au fauteuil où le directeur scientifique de la fondation avait l'honneur et l'avantage de poser ses fesses. Une promotion.

Christian Thévenet avait quelque peine à s'en remettre. Les paillasses de son laboratoire de recherche lui manquaient. À trente-sept ans, cet esprit créatif n'était plus qu'un chercheur du dimanche… Et un bureaucrate à plein temps.

Il faisait de la résistance. Affublé, hiver comme été, d'un pantalon de velours côtelé et de polos éternellement rayés, il n'avait pas changé de style vestimentaire. Seule concession : l'abandon de sa vieille paire de lunettes, aux branches rafistolées à l'aide de chatterton, pour des verres à monture d'écaille. Jeune étudiant, il en avait admiré le modèle, porté par Gary Grant dans un film de Hitchcock.

— Me permettrez-vous, lui avait dit le Vieil Homme, d'y voir une allusion à une aventure dont vous étiez le héros et moi… le méchant ?

Christian Thévenet lui avait répondu d'un sourire légèrement crispé. *La Mort aux trousses* n'était pas qu'un souvenir de cinéphile. C'était surtout le souvenir de la période la plus angoissante de sa vie.

À l'époque, le jeune et brillant chercheur avait violé tous les principes déontologiques de sa profession pour sauver un jeune rat qui faisait l'objet d'un programme de recherche ultrasecret au sein de la fondation. Christian Thévenet avait pris la fuite avec ce rongeur exceptionnel qui n'était autre que Coriolan. Crime impardonnable aux yeux de Tadeuz Karoly qui s'estimait propriétaire de l'animal et s'était lancé à la poursuite du coupable, n'hésitant pas à le menacer de mort. Car le rat qu'on lui avait volé n'était pas de la viande de laboratoire mais un individu doté de capacités génétiques extraordinaires.

Jupiter, l'empereur des rats, avait conçu Coriolan pour réaliser le rêve ancestral de sa race : se mesurer à l'homme et le persuader de traiter avec lui d'égal à égal. Coriolan devait être l'émissaire du monde animal auprès de l'espèce humaine. Sa mission était à la fois simple et extraordinairement compliquée. Coriolan devait sceller un pacte de non-agression entre les deux plus grands prédateurs de la planète, l'homme et le rat.

Jupiter avait produit un raton hors du commun. Le premier de son espèce à pouvoir se faire comprendre de l'homme et à en comprendre le langage et la nature profonde. Coriolan avait séduit, ébloui Christian Thévenet quand celui-ci l'avait fait « travailler » dans son laboratoire. Entre eux s'était déroulée une véritable rencontre. La naissance d'une complicité unique dans l'histoire.

Tadeuz Karoly, averti du prodige, avait alors misé sur Coriolan comme il avait l'habitude de miser sur une découverte innovante. Coriolan représentait une fantastique source de profits. Étudier, tester cet étrange spécimen, c'était mettre à jour la conscience animale pour mieux la dominer et l'exploiter dans l'avenir.

Christian Thévenet avait fait le pari inverse. Son dialogue avec Coriolan préfigurait une pacification des rapports entre l'homme et la nature. Une transformation radicale des mentalités. L'homme n'était plus le seul être sensible, conscient et intelligent au monde. Un animal pouvait lui aussi forcer les verrous de son programme génétique et user de sa liberté.

Mais Tadeuz Karoly ne l'entendait pas de cette oreille. C'est pourquoi Christian Thévenet était entré en dissidence en enlevant Coriolan. Le Vieil Homme ne plaisantait pas alors. Il avait manqué mettre sa menace à exécution. Le jeune chercheur n'avait dû la vie qu'à l'intervention *in extremis* de... Jupiter et de ses armées.

Jupiter avait fait plier la volonté jusqu'alors inflexible du Vieil Homme avant de le convertir à ses vues. Tadeuz Karoly avait reconnu dans ce rat majestueux une force supérieure à la sienne. Et il avait accepté l'inacceptable. La paix. Peu après, Jupiter, vaincu par l'âge et les épreuves qu'il avait endurées, était mort entre les mains du Vieil Homme. Son pire ennemi devenu son dernier confident.

Depuis ces événements, Christian Thévenet et le Vieil Homme s'étaient non seulement réconciliés mais associés. Tadeuz Karoly appréciait l'intelligence et la franchise de Thévenet. Et celui-ci ne pouvait s'empêcher d'éprouver de l'admiration pour la ténacité de Tadeuz. Car le grand dessein de Jupiter n'en était qu'à ses prémisses. Coriolan venait à peine de descendre rejoindre les siens. Serait-il accepté pour empereur ? Parviendrait-il à convaincre son peuple de faire confiance aux hommes ?... Et l'homme, accepterait-il de ne plus haïr le rat ? Renoncerait-il un jour à sa suprématie sur le monde animal ?... Trop d'instincts vitaux s'opposaient à cette révolution, trop d'intérêts étaient en jeu pour que Tadeuz Karoly et ses amis ne se sentent pas comme des aventuriers perdus dans une jungle hostile.

Le Vieil Homme était descendu de sa passerelle pour se joindre à ses invités.

Assis au bord d'un canapé de cuir havane, le troisième homme avait du mal à tenir en place. Il n'avait pas de rôle défini dans ce cercle. Sinon d'avoir été l'assistant de Christian Thévenet, son laborantin, le compagnon des bons et des mauvais jours. C'est Étienne qui avait « découvert » Coriolan un soir où il s'apprêtait à euthanasier des rats. Le raton l'avait amusé par ses tours. Le laborantin l'avait alors confié à Christian Thévenet. Il avait appuyé sans réserve la décision du jeune chercheur de soustraire l'animal aux appétits commerciaux de Tadeuz Karoly.

La soixantaine robuste, l'œil gourmand, Étienne avait pris sa retraite le mois précédent. Il logeait dans un pavillon du XXe arrondissement, rue de la Bandera. En petit père tranquille. Aussi tranquille qu'aux aguets. Un réflexe acquis dans sa jeunesse quand Étienne, à quinze ans, avait rejoint un réseau de résistants à l'occupant nazi.

Étienne, lui aussi, se posait des questions. Ses pieds battaient la mesure. L'envie de fumer une pipe le démangeait mais le Vieil Homme avait proscrit le tabac de son atmosphère.

— C'est un drôle de gaillard tout de même !

lança le laborantin pour tirer la petite assemblée de sa torpeur.

Christian Thévenet sourit, indulgent, et le Vieil Homme s'inquiéta soudain du verre de whisky qui l'attendait sur une table basse. Il se saisit du verre et le but d'un trait.

— Pourquoi ne pas lui verser ce remède dans le gosier, reprit Étienne ? Peut-être que ça le réveillerait...

Un imperceptible froncement de sourcil lui fournit la réponse. Le Vieil Homme appréciait modérément l'humour du laborantin.

Ce dernier ne se découragea pas :

— Ça va faire huit semaines et pas un poil en moins. À croire qu'il roupille...

— Je te signale, dit Thévenet, qu'il est pourtant bel et bien mort.

— N'empêche que pour un mort, il n'attire pas les mouches !

Cette fois, le Vieil Homme fronça les deux sourcils. Christian Thévenet jugea bon de faire diversion.

— Vous permettez ? dit-il en traversant le grand salon pour ouvrir les battants d'une porte monumentale en bois de palissandre.

Étienne se leva aussitôt pour lui emboîter le pas. Le Vieil Homme n'avait pas bougé. Il savait, nuit et jour, ce qui se passait de l'autre côté de cette porte.

La pièce, de dimensions imposantes, évoquait un décor minéral. Pureté cristalline de l'éclairage, murs lisses, laqués de blanc, sol revêtu d'un dallage siliceux, plafonds miroitants. Au milieu de la pièce, posé sur un énorme socle de marbre de Carrare, un caisson de verre. À l'intérieur du caisson, un petit lit aux montants en inox sur lequel reposait le corps d'un rat.

Un rat gris d'une taille extraordinaire.

Le surmulot était couché sur le ventre, les pattes étendues, la tête fléchie sur le côté. Il avait l'air endormi.

Pour Étienne et Christian Thévenet, comme pour le Vieil Homme, ce gisant figurait une énigme insondable. Car la dépouille du rat n'avait en rien l'aspect d'un cadavre.

Enfermé dans son sarcophage de verre, Jupiter défiait encore les lois de la biologie.

Une impressionnante batterie d'appareils de contrôle et de mesure avait été installée autour du caisson. Le rat était relié par capteurs au moniteur central qui gérait ce système de veille informatisé.

Ces instruments sophistiqués avaient indiqué trois mois plus tôt que Jupiter avait cessé de vivre. Mais, depuis, les trois hommes veillaient sur un corps inerte qui se refusait à pourrir et à sécher bien qu'il n'ait pas été embaumé. La température du caisson correspondait à la température ambiante, soit 21 °C.

L'animal n'était ni ventilé ni perfusé. Et l'observation clinique confirmait à chaque instant l'absence de toute activité organique. Encéphalogramme plat, électrocardiogramme plat. Le rongeur ne répondait plus à aucune stimulation. Ses dents avaient cessé de pousser, ainsi que son système pileux.

Étienne, qui se tenait à côté de Christian Thévenet, chuchota :

— On ne m'ôtera pas de l'idée qu'il s'est mis en veilleuse.

Le chercheur allait lui répliquer que, venant d'un laborantin chargé de piquer les rats qui avaient servi à des expériences, la remarque ne manquait pas de sel. Il en avait expédié plus d'un dans l'incinérateur du labo...

Il préféra se montrer charitable.

— Si ça te console d'y croire...

Puis il le saisit par l'épaule pour le ramener dans le salon où les attendait le Vieil Homme. Tous affichaient un air soucieux... Le temps était passé où ces trois hommes brûlaient intérieurement du feu de la découverte. Durant cette période d'exaltation, ils avaient eu le sentiment, la certitude même, d'être en possession d'un trésor vivant.

Jupiter avait incarné l'espoir d'un nouveau paradis terrestre. Il était, malgré son apparence de petit mammifère terrestre, un géant de l'Histoire. Ce géant reposait maintenant dans un mausolée. Avait-il vraiment dit son dernier mot ?

Malgré tout, ce soir-là, un sentiment de lassitude s'était emparé des trois hommes. Ils avaient vécu un rêve, et ce rêve était devenu une réalité inexplicable, presque une impasse.

— Il nous reste Coriolan, dit Étienne d'une voix chargée d'émotion. Lui, il est encore en vie.

Le Vieil Homme serra les lèvres. La créature inanimée dont il s'était fait le gardien jaloux avait bien un successeur, mais il n'incarnait encore qu'une promesse très fragile.

— Nul ne sait parmi nous où se trouve Coriolan à cette heure, ni ce qu'il fait, dit Tadeuz Karoly. Ce jeune rat ne pèse pas lourd en face des périls qui le guettent... et qui nous guettent aussi.

— Où est le danger ? dit Étienne.

— Croyez-vous, mes amis, qu'on puisse modifier des lois établies par l'homme depuis des milliers d'années pour justifier sa domination sur les rats, et sur tous les animaux, sans déclencher des réactions d'une violence inouïe ?... J'ai bien peur que nous n'ayons réveillé des forces incontrôlables. Tous les rats n'ont pas le génie visionnaire d'un Jupiter, quant aux hommes, nous connaissons leur égoïsme...

Le visage de Christian Thévenet s'était soudain rembruni. Sa pensée rencontra celle du Vieil Homme.

Tous deux songeaient à la même personne. Mais ils n'y songeaient pas de la même façon. Un autre homme avait, autrefois, partagé leur secret. David Quasar.

Directeur de recherche à la fondation, Quasar passait à l'époque pour un scientifique aussi brillant qu'intègre. Mais ce généticien avait été recruté par Tadeuz Karoly pour mener en secret, en dehors de ses travaux officiels, des recherches sur de nouvelles armes bactériologiques. Christian Thévenet avait toujours ignoré cette activité clandestine. Pour lui, Quasar était un aîné qu'il respectait et dont il sollicitait les conseils.

Quand Christian Thévenet avait commencé à étudier le cas de Coriolan, David Quasar était venu lui prêter main-forte. Ils avaient fait équipe ensemble. Jusqu'au moment où Thévenet avait senti l'hostilité de Quasar envers Coriolan. Son collègue traitait le jeune rat comme une petite machine dont il aurait voulu explorer les rouages au microscope. Il s'apprêtait à le disséquer.

Au moment où il avait enlevé Coriolan, Thévenet avait perdu tout contact avec Quasar. À son retour à la fondation, après que le Vieil Homme eut renoncé à ses projets criminels, Quasar avait disparu. Le Vieil Homme avait prétendu avoir licencié le directeur de recherche pour « faute grave ». Il opposait depuis un silence têtu aux questions que

Thévenet lui posait parfois sur les véritables raisons de cette disparition.

Le Vieil Homme ne voulait pas avouer que Quasar lui avait en réalité échappé. Il était devenu son plus mortel ennemi depuis que le Vieil Homme avait fait alliance avec Jupiter. Quasar haïssait les rats. Et, quelque part en ce monde, il devait être en train de préparer sa revanche. Le Vieil Homme n'en doutait pas. C'est bien ce qui l'inquiétait à cette heure.

— Égoïstes ou pas, dit Étienne, c'est le moment d'aider Coriolan. Faut se serrer les coudes...

Le Vieil Homme leur offrit de boire une coupe de champagne avant de se séparer.

— À notre amitié ! dit Christian Thévenet en levant son verre.

CHAPITRE 4

À l'entrée du tunnel qui passait sous le parc de Montsouris subsistait un ancien dépôt à outils datant de la construction du chemin de fer de la Petite Ceinture. Ce tronçon de voie était désaffecté. Des herbes folles poussaient entre les traverses des rails. On avait muré le dépôt. Aucune archive n'en mentionnait l'existence.

À l'intérieur, de la poussière et le suintement provoqué par des infiltrations d'eau. Chiffons, manches de bois et pièces métalliques abandonnés sur place avaient depuis longtemps disparu. Rongés par l'humidité et... par les rats.

Mais, cette nuit-là, le dépôt était plein à craquer.

Neuf cents rats gris, des surmulots de bonne taille, avaient pris possession des lieux. Massés contre les murs, ils se fondaient dans l'obscurité.

On leur avait promis du spectacle. Un combat à mort.

Tous étaient des mâles issus de castes dominantes, des chefs de clans, des seigneurs de guerre. Le Gotha de la race. Ceux-là avaient gagné à la loterie génétique. Ils étaient le produit d'une sélection sans merci. Prolifiques, agressifs, endurants, bien nourris, ils appartenaient à l'aristocratie des égouts. Ces bêtes sauvages, acclimatées depuis trois siècles au sous-sol parisien, nichaient dans l'enceinte du sérail, un dédale de couloirs et de terriers logés à l'aplomb de la plaine Montsouris, dans le XIIIe arrondissement de Paris.

C'était un public de connaisseurs.

Au milieu de la salle, la zone de combat.

Une clameur sourde salua l'entrée en lice des lutteurs. D'abord les tenants du titre. Trois femelles au pelage roux, dotées d'incisives plus tranchantes qu'une lame de faux. Ces rates au toucher soyeux et à la pupille ardente n'avaient jamais été couvertes par un mâle. Et ne s'y frottaient que pour en découdre.

Pas un des rats de l'assistance n'aurait pris le risque d'affronter ces flamboyantes amazones. Même une seule des trois. Ces furies dressées pour le ring avaient coutume de châtrer leurs victimes.

L'entrée de leur rival fit sensation. Ce jeune rat à la robe claire mouchetée de gris n'était autre que Coriolan. Il paraissait bien moins aguerri que ses adversaires, mais ce n'était pas une proie facile. Il avait le poil dru, l'oreille courte et ronde, les reins solides. Des dents de fauve.

Il se dégageait de lui une puissante odeur de jungle.

Le public échangea une multitude de phéromones ou messages olfactifs. Les paris allaient bon train. On se frottait le museau. L'impatience gagnait les premiers rangs. À trois contre un, le combat serait inégal mais féroce.

Les premières minutes furent décevantes. Pas d'échanges de coups. Les quatre rongeurs se jaugeaient en claquant des dents comme on frappe un bouclier du plat de l'épée. Pour impressionner l'ennemi. Puis mâle et femelles urinèrent et crachèrent en signe de défi. Leurs poils s'étaient dressés. Sur le pelage hérissé apparurent des taches sombres. Des marques d'hostilité.

À chaque nouvelle posture, dos bombé, queue battant le sol, la violence montait d'un cran. Les glandes des rongeurs sécrétaient des phéromones de plus en plus injurieuses et menaçantes.

Quand les rates, quittant leur position, se mirent à tourner autour de Coriolan en effectuant de petits bonds, le danger devint imminent. Une odeur soufrée emplit l'atmosphère. Le cercle se resserrait.

À cet instant critique, la victoire pouvait se jouer sur un frôlement d'épaule. Chacun cherchant à prendre l'ascendant sur l'autre. C'était la règle quand les combattants étaient du même rang social. Le vaincu, apeuré, prenait la fuite et perdait l'honneur en sauvant sa peau. Mais là, pas de simulacre possible. Aucune échappatoire. Un mâle ne reculerait jamais devant des femelles. Et Coriolan, fils d'un Empereur, n'avait pas d'égaux sous terre.

C'était au premier qui détruirait l'autre.

Les neuf cents rats, enfiévrés par l'enjeu, bruissaient d'excitation. L'un d'eux, le plus grand et le plus gros de tous, qui s'était tenu jusqu'alors en retrait, s'avança au bord de l'arène. Alcibiade, régent de l'Empire, arbitrait le combat. On retint son souffle. Il ne dépendait que de lui que cesse la rencontre. Il balança la tête et produisit un son suraigu. Une onde glacée parcourut la salle.

Il venait d'ordonner un combat au dernier sang...

Dans la seconde qui suivit, l'une des femelles sauta dans les airs et retomba sur Coriolan pour le mordre à l'oreille. Celui-ci rentra le cou et, d'un bond de côté, évita la morsure. Puis il écarta les deux autres d'une brusque poussée de l'épaule avant de reprendre ses appuis, les membres tendus, le poids du corps porté vers l'avant. Il avait affaire à trois projectiles vivants, capables de calculer leur trajectoire de manière instantanée.

Rester sur la défensive, c'était leur servir de cible.

Avant que les rates ne reviennent à la charge, Coriolan lança sa première attaque, foudroyante, et d'un coup de dents trancha l'artère carotide de l'une. Qui s'affala, morte. Les deux autres bondirent en arrière.

Coriolan avait gagné un bref instant de répit.

Alcibiade fut stupéfait : le sang de Jupiter coulait bien dans les veines du jeune prince... Il se surprit à souhaiter sa victoire mais chassa aussitôt cette mauvaise pensée. Dans quelques minutes, le bâtard serait mis en pièces...

Coriolan ne sut pas profiter de son avantage. Le museau poissé de sang, il lança des regards affolés vers Alcibiade. Le jeune prince venait d'accomplir son premier meurtre. D'instinct. Et, dans sa stupeur, il baissa la garde.

La sanction fut immédiate. Morsure à la queue. Et coup de queue derrière la nuque. Assez pour l'étourdir.

Il était perdu.

Seul l'arbitre pouvait surseoir à l'exécution. Il suffisait d'un geste. Les femelles étaient déjà sur leur proie, prêtes à la dépecer.

Alcibiade laissa faire.

L'une des assaillantes sortit les crocs et se pencha sur la gorge du jeune rat, sans hâte, savourant d'avance l'âcre bouquet de sang qui saluerait sa victoire.

Elle ne perçut pas le brusque frisson d'horreur qui s'était emparé des mâles agglutinés alentour. Aux premiers murmures succédèrent des cris d'effroi.

Une ombre plus noire que la nuit avait surgi derrière les combattants, aussi soudaine qu'un vent d'orage.

La femelle rouge n'eut pas le temps de réagir. Elle s'affaissa dans un râle. L'autre, lâchant prise, se mit en boule. Les forces revinrent à Coriolan. Le jeune prince semblait ignorer la présence de l'ombre qui ne cessait de grandir et d'envelopper la scène dans ses plis invisibles. Il se rua sur la dernière des femelles en vie et la déchiqueta.

Dans la salle, plus un cri, pas le moindre mouvement. Un silence épouvanté. L'ombre avait fini par tout recouvrir. Le champion qui venait de vaincre sous son aile poussa alors un long gémissement, comme un chant d'amour blessé. Et l'ombre disparut dans un tourbillon de poussière.

L'arbitre du combat fut le seul à ne pas ramper devant le prodige. Alcibiade n'avait pas cillé. Tous ses sens étaient restés en alerte. C'est que l'ombre, aussi monstrueuse et insaisissable qu'elle fût, lui avait paru dessiner une silhouette étrangement familière. N'était-ce pas l'ombre de Jupiter ?

CHAPITRE 5

Il était 3 h 15 à sa montre. Il avait dormi deux heures. Un cauchemar l'avait réveillé en sursaut avec la sensation d'étouffer.

Le Vieil Homme se tourna de côté, tendit la main et actionna l'interrupteur de la lampe de chevet. Sa chambre présentait le même aspect qu'à la seconde où il avait éteint la lumière pour chercher le sommeil. Autour de lui, le silence. Il se sentait maintenant tout à fait éveillé et calme.

La soif le fit se lever et passer dans la salle de bains. De retour dans la chambre, son regard se porta vers la porte qui donnait dans le grand salon. Il parut hésiter puis se dirigea vers cette porte, l'ouvrit, pénétra dans la pièce que surplombait la coupole de verre, alluma les appliques murales. La pièce contenant la dépouille de Jupiter était fermée à clef. La clef à l'intérieur du coffre-fort. Il dut revenir dans la chambre et faire jouer un mécanisme qui commandait le déplacement d'un miroir pour accéder au casier blindé.

À peine avait-il fait un pas en direction du caisson de verre où reposait le rat qu'un vertige le fit vaciller. Un poids lui était tombé sur la poitrine. Il voulut poursuivre mais ses jambes se dérobèrent. Il glissa par terre. Au même instant, toutes les lampes s'éteignirent. Le courant avait sauté.

Le Vieil Homme parvint à se relever et retourna chercher de la lumière dans le salon. Tâtonnant dans l'obscurité, il finit par mettre la main sur un briquet, l'alluma, pénétra de nouveau dans la pièce annexe et approcha la flamme de la paroi transparente du caisson. Ce qu'il vit au travers lui glaça le sang.

Les poils de Jupiter étaient hérissés. Un filet de bave s'écoulait de sa gueule. Et l'œil, grand ouvert, d'un noir incandescent, fixait la flamme du briquet avec une expression de fureur indicible.

CHAPITRE 6

Quand le museau du régent le poussa dans cette chambre garnie de chiffons moelleux et de brins de chaume, Coriolan ne comprit pas ce qu'on attendait de lui. Il portait encore les traces du combat de la veille. Une estafilade lui barrait la joue et il souffrait de courbatures.

La chambre sentait mauvais. D'entêtants parfums de musc et de réséda. Rien de très engageant pour l'odorat d'un rongeur.

— Fameux, non ? lui dit Alcibiade qui s'ébrouait derrière son dos. Au début, ça surprend mais on s'y habitue vite.

Coriolan gratta le sol pour y lire des empreintes susceptibles de l'informer sur les occupants du lieu. Le régent l'avait conduit dans ce terrier avec une mine de conspirateur. Ils avaient quitté le sérail en catimini, empruntant des galeries réservées aux mulots du service des grains, pour rejoindre ce quartier mal famé des bords de Seine. Ils s'étaient mêlés, incognito, aux équarrisseurs de pigeons, aux mariniers et à la pègre du métropolitain qui grouillait dans ces égouts à demi inondés par une eau grasse et chargée d'immondices. Que l'endroit fût pestilentiel n'était pas fait pour incommoder un rat, même un rat aussi peu conformiste que Coriolan, mais la populace ne s'y montrait pas vraiment cordiale. Chacun venait là défendre son bout de gras et l'arracher au besoin de la gueule du voisin. D'où des prises de bec dégénérant en bousculades pour finir en bagarres générales. Le régent et son jeune protégé durent faire le coup de poing pour tailler leur route.

Alcibiade était d'humeur gaillarde. Le prince l'avait suivi sans poser de questions. Une sortie entre camarades.

La chambre n'était pas un lieu pour dormir. Coriolan en était maintenant convaincu. Il y avait là un mystère. Trop d'empreintes, beaucoup de passage, mâles et femelles mélangés. Son bulbe olfactif s'y perdait un peu. Il interrogea Alcibiade en silence, n'obtint d'autre réponse qu'un couinement difficile à interpréter. Moqueur, probablement. Il décida de poser ses fesses au milieu de la pièce et d'attendre.

Alcibiade fit claquer ses dents. Il sonnait le personnel.

Le personnel était exclusivement féminin. Et nombreux. Une vingtaine de femelles avait envahi la chambre et y tournoyait comme dans une volière. Ça piaillait, chicotait, gloussait à qui mieux mieux. Étourdissant.

— Assez! On s'aligne et on salue.

Le régent savait se faire obéir. La petite classe se mit au garde-à-vous. Les oreilles droites, les pattes arquées, le postérieur immobile. Vingt femelles en chaleur. Coriolan baissa les yeux. Même un raton élevé dans une station orbitale aurait compris ce qu'il avait devant le nez.

Dans le *monde d'en haut,* on appelait ça un

claque, un boxon, un bobinard, un lupanar, ou plus simplement un bordel. Chez les rats, ça n'avait pas de nom mais on s'y comportait de la même manière.

Le régent avait conduit Coriolan dans une maison de passe.

Il existait un harem impérial, des familles nobles prêtes à vendre leur progéniture pour grimper d'un échelon dans la hiérarchie de la cour, et mille autres occasions de gaspiller l'auguste semence, mais Alcibiade, qui aimait la canaille, avait choisi ce bouge pour dépuceler l'héritier de l'Empire.

Coriolan n'avait toujours pas levé les yeux. Le personnel restait aux ordres. Soudain, on entendit un froissement de papier. Un fantôme apparut dans la tanière, contourna l'alignement des femelles, et vint se poser comme un papillon devant le jeune rat. Une forme se dissimulait sous l'enveloppe diaphane. Le papier était de soie, bouffant, crissant et perlé d'arômes suaves.

— Tiens, voilà la petite nouvelle, déclara Alcibiade à l'intention du prince. Eh bien, mignonne, montre-toi ! Aurais-tu peur de nous ?

Le papier émit un son cristallin. La forme s'était recroquevillée sur elle-même. Coriolan fit de même. « Elle est aussi mal à l'aise que moi », pensa-t-il. Il lui adressa un message amical.

— Qui es-tu ? demanda l'inconnue dans un souffle odorant.

— Coriolan, et je n'ai pas demandé à me trouver ici... Tu peux me croire.

— Qui est l'autre ?

Alcibiade interceptait les messages en douce.

— Je n'ai pas le droit de le dire.

— Alors, tant pis. Tu ne sauras rien de moi.

Coriolan s'étonna. Pas facile, les filles. Le régent, lui buvait du petit lait. Le dira ? Le dira pas ?

— C'est un grand seigneur, voilà... Comprends-moi, je ne peux pas t'en dire plus.

— Je n'aime pas son odeur. Je veux qu'il sorte sinon je ne me montre pas.

Coriolan sentit qu'Alcibiade, piqué au vif, allait prendre un coup de sang. Il s'interposa.

— Monseigneur, c'est toi qui m'as emmené dans cette chambre. Je t'en remercie. Maintenant, il faut me laisser faire. Si cette... cette personne tient à être seule avec moi, j'y tiens aussi.

— À ta guise, mon prince. Après tout, j'ai mieux à faire qu'à tenir la chandelle. Mais ne traîne pas, je t'attendrai à côté.

Il sortit en fouettant de sa queue la parure de l'inconnue. La fine membrane manqua se déchirer. Coriolan bondit vers elle. Un pépiement le freina dans son élan.

— Laisse... Il ne m'a pas fait mal. Merci quand même.

Les autres femelles, qui n'avaient pas bronché, se remirent à piailler, trottinant et se pavanant à travers la pièce comme si rien ne s'était passé. Coriolan les chassa à coups de pattes. Elles s'enfuirent en abandonnant derrière elles un affreux parfum de souris.

— Maintenant, nous voilà seuls, dit Coriolan.

Alors la corolle de papier se déplia et s'entrouvrit sur la pointe d'un museau au dessin parfait, digne du pinceau d'un mandarin chinois. Puis vinrent les yeux, les oreilles, le cou, les doigts, et la silhouette tout entière, d'une grâce incomparable. Les yeux étaient sertis d'une ombre dorée qui les rendait profonds et doux, semblables à deux lunes noires.

Ces yeux le fixaient intensément. Coriolan pencha la tête. D'enivrants effluves caressaient ses narines. Le cœur de Coriolan, ce muscle dont il n'avait conscience que dans l'effort, le chagrin ou la peur, s'était soudain dilaté. Le jeune rat se raidit, se cabra, tenta de résister au flot brûlant qui roulait dans ses artères. Les yeux ne l'avaient pas quitté.

Un message lui parvint, impérieux et tendre, qui l'apaisa.

— Tu m'appelleras Yasmina.

Des rats noirs l'avaient nourrie à sa naissance. Sa mère l'avait abandonnée. Le père était inconnu. Yasmina avait grandi chez des nomades de la ceinture maraîchère, à l'écart de ses sœurs de race. Son matricule olfactif ne permettait pas d'identifier ses origines. Il y avait chez elle du sang de Siam, le berceau de l'espèce, et du sang de nulle part. Aucun clan, aucune caste n'avait conditionné son existence. Elle n'appartenait qu'à elle-même.

De souvenirs, elle n'en avait presque pas.

— Comment es-tu arrivée ici ? demanda Coriolan.

Yasmina avait sucé le sein d'une femelle qui n'était pas de son clan, avait appris à survivre en compagnie de ratons dont l'odeur ne pouvait pas se mêler à la sienne, avant d'être vendue à des mâles qui l'avaient enfermée comme un bonbon dans du papier de soie. Une friandise.

— C'était avant toi, dit-elle à Coriolan. Avant toi, je n'avais pas de nom.

Personne ne l'avait nommée. Personne ne l'avait touchée non plus. Elle était vierge de tout.

Coriolan, immobile, la considérait avec une curiosité intense. Yasmina vint se coucher devant lui. La fourrure de la jeune rate dispensait des essences rares qui plongèrent le prince dans une rêverie d'opiomane.

Plus tard, un raclement se fit entendre contre la paroi de la chambre. Le régent s'impatientait. Au raclement succédèrent des phéromones de plus en plus irritées. Il était l'heure de partir. À nouveau des raclements. À la fin, Coriolan s'emporta.

— Qu'on me fiche la paix !

Il n'eut pas le temps de guetter la réponse. Une paire de dents le crocheta par la peau du cou et l'extirpa sans ménagement du terrier.

— Lâche-moi ou je mords ! siffla Coriolan.

Alcibiade le laissa choir mais pour lui flanquer un coup de patte qui l'assomma pour le compte. Puis, traînant le prince par la queue, il reprit le chemin du sérail.

Yasmina ne poussa aucun cri. Elle enfouit son museau dans la paille qui jonchait la chambre. Son corps fut bientôt secoué de spasmes. Demain, sa logeuse en ferait de la chair à soldats.

CHAPITRE 7

— Moi, c'est Goliath.

— Et moi, Darius, pour te servir.

Ces deux-là n'avaient pas eu besoin de confier le mot de passe à la sentinelle qui gardait la couche princière pour y accéder. La sentinelle était passée de vie à trépas avant même de flairer la présence de ces intrus. Coriolan, lui, les avait sentis venir. Il ne dormait pas.

— Que venez-vous faire ici ?

Il avait en face de lui deux mâles râblés, larges d'encolure, le museau tailladé, des yeux protubérants, qui portaient la même denture incurvée. Des armes redoutables, particulières aux rats de Silésie, le régiment d'élite de la garde impériale. Depuis la mort de Jupiter, leur empereur, ces vétérans avaient été écartés du sérail par Alcibiade qui leur préférait sa garde prétorienne.

— Nous étions les fléaux de Sa Majesté, ton père, dit Darius. Et nul n'aurait pu seulement croiser son regard sans devoir marcher sur nos cadavres.

— Et maintenant qu'il est mort et que j'étouffe dans ces murs, demanda Coriolan, que serez-vous pour moi ?

— Le tonnerre et la foudre, dit Goliath dont le voile du palais vibrait à chaque son dans un roulement de cymbales.

Coriolan considéra ces étranges visiteurs avec reconnaissance. Il se sentit moins seul.

— Qui vous a conduits chez moi ?

— Nous avons su tes prouesses par le commandant de la garde noble, un de nos vieux compagnons, gronda Goliath. Il t'a vu mettre en pièces les femelles rouges. Tu es digne du grand Jupiter. Le reste est notre affaire. Le Grand Labyrinthe n'a pas de secret pour nous.

— Pour Alcibiade non plus. Il m'espionne et il saura que vous êtes ici.

— Il le sait déjà. Quelle importance ?

Alors, Coriolan leur confia leur première mission. Descendre dans les égouts, pousser jusqu'aux quais, s'introduire dans le dernier des bouges qui bordaient le fleuve, s'emparer de la plus jeune des pensionnaires (il en brossa le portrait olfactif) et la ramener jusqu'à lui, saine et sauve.

— Ce sera fait avant la nuit, dit Goliath.

Un doute assaillit Coriolan.
— Si le régent vient à l'apprendre et s'y oppose ?
Darius ne répondit rien mais un éclair illumina sa pupille d'encre.

CHAPITRE 8

— Va-t-on m'enfermer dans le harem ?
Ce fut la première question de Yasmina au moment d'entrer dans le palais. Ses deux gardes du corps firent la sourde oreille.
— Pourquoi m'a-t-on enlevée ?...
Ils marchaient vite. Les boyaux se resserraient. De temps à autre, Goliath se portait en avant, reniflait les traces d'urine qui jalonnaient leur parcours et, d'un petit grognement, indiquait que la voie était libre. Quand Yasmina, essoufflée par la course, ralentissait le pas, les deux autres la mordillaient aux flancs pour l'aiguillonner.
— Plus vite, bon sang, plus vite... lui serinait Darius, on va finir par tomber sur une patrouille.
Ils ne croisèrent qu'un messager de l'office des grains qui courait comme un dératé et ne leur accorda même pas un regard.
— Eh, fais attention, idiot ! rugit Goliath qui évita d'un poil le carambolage.
Yasmina était déçue. Elle s'imaginait les couloirs du sérail vastes comme des conduits de chauffage urbain, avec des guirlandes de lucioles au plafond, et du beau monde pour y flâner. Au lieu de quoi, ils s'enfonçaient dans un dédale étroit, suffocant, où l'on s'écorchait les pattes. C'était le chemin le

plus court et le plus sûr pour accéder au terrier impérial.

À quelques dizaines de mètres de là, Coriolan guettait la phéromone qui l'avertirait de leur approche.

— Nous y sommes, dit Goliath. Dépêche-toi d'entrer.

Yasmina humait l'air en tous sens et se frottait contre les montants du terrier pour en deviner la forme, le volume et la matière. C'était déroutant. On aurait dit une hotte ou une grande cage ouverte sur le devant. Ça lui paraissait très inconfortable.

— Ça ne te plaît pas ? fit Coriolan en sortant la tête.

Yasmina, surprise de revoir le prince, eut un mouvement de recul.

— N'aie pas peur, dit Coriolan. Je couche dans un tombeau, mais c'est une alcôve impériale. Un monument historique. Je dois y peler de froid par respect des ancêtres qui y ont gelé avant moi.

Yasmina avait retrouvé l'odeur de Coriolan. Et cette odeur la faisait fondre de joie. Coriolan, lui, continuait de jouer les guides.

— Tu as devant toi la cage thoracique d'un squelette humain... Un de mes aïeux n'avait rien trouvé de mieux que d'en faire sa niche. Je trouve que ça ressemble à un dortoir de fantômes.

Yasmina ne voyait pas du tout les choses comme ça. Elle vivait un rêve.

— Je plaisantais, dit Coriolan.

Il en faisait trop. « Tais-toi, mon vieux... Laisse-la venir à toi. »

Elle ne vint pas. Au contraire, elle prit la fuite. Coriolan paniqua. Son instinct, filtré par un cerveau bien plus évolué que celui de ses congénères, l'informa un peu tard de sa maladresse. Il fallait lui courir après. Cela faisait partie du jeu. C'était une déclaration d'amour. En fuyant, Yasmina lui avait jeté son cœur à la figure.

Bien sûr, elle se fit reprendre. Avant de se dérober à nouveau. Pour se rendre enfin, allonger le cou, présenter le flanc, se frotter, lascive, contre lui, et l'inviter à danser, à jongler, à faire des vocalises. Ces préliminaires pouvaient durer toute une nuit, sans passer à l'acte. Le comble de l'amour courtois.

Ces folles heures les mirent au supplice. Au bord de succomber au désir. Se prendre et se perdre. Yasmina le voulait. Elle serait la proie consentante, la victime comblée par son bourreau. Car, dans ce sacrifice, c'est elle qui serait la plus forte.

Mais Coriolan, à son tour, prit la fuite. Ou plutôt, s'abstint. Ils avaient fêté leurs fiançailles, pas leur nuit de noces.

Il était amoureux. Très amoureux. Transi. Ce qui ne s'était jamais vu dans l'espèce.

Chose plus extraordinaire encore, ce fut une passion partagée. Yasmina se coucha à son côté, l'œil humide, le souffle haletant, sa toison argentée délivrant un parfum de genièvre. Quelques minutes plus tard, ils glissèrent ensemble dans un très doux sommeil.

CHAPITRE 9

Quand, le lundi matin à 8 h 45, Christian Thévenet entra dans son bureau, un colis à son nom l'y attendait. On l'avait posé devant l'écran de l'ordinateur, au-dessus du clavier, bien en évidence. Le directeur scientifique de la fondation n'y toucha pas. Personne n'avait accès à son bureau le week-end et la secrétaire, chargée de réceptionner et de trier son courrier, n'était pas encore arrivée. La présence de ce paquet était anormale.

Lisbeth, la secrétaire, fut du même avis. Anormal, en effet. Elle ne se sentait pas à son aise. Son patron tournait et retournait le colis entre ses mains, examinant chacune de ses faces d'un air intrigué. Cet objet pouvait aussi bien contenir un livre qu'un explosif.

— Vous pensez qu'il est piégé ? demanda la secrétaire en se rongeant furtivement l'ongle du pouce.

Christian Thévenet préféra garder ses pensées pour lui. Il ne se sentait pas personnellement en danger mais la mise en garde de Tadeuz Karoly lui revint en mémoire. Le « groupe des Trois » poursuivait un but qui n'était pas sans risques. Un homme au moins était au courant de leur recherche. David Quasar. Il pouvait les trahir ou même s'opposer à eux. Quant aux rats, peuple organisé, intelligent, il était lui aussi divisé en factions hostiles ou favorables à la paix. Mais d'eux, aucun attentat n'était à craindre.

— Ne vous inquiétez pas, Lisbeth, je vais m'arranger avec ça.

La secrétaire ressortit du bureau en composant dans sa tête le numéro des urgences.

Son patron, lui, composa un autre numéro. Strictement confidentiel. Il laissa sonner un moment puis raccrocha. Tadeuz Karoly ne répondait pas. Ça aussi, c'était anormal. Il en aurait le cœur net.

La lame du cutter fit sauter la ficelle et découpa avec précision l'emballage de papier kraft. Le colis contenait une cassette vidéo. Sans aucune inscription.

À l'image, on ne voyait que le bas du visage du Vieil Homme. Ses mâchoires étaient crispées. Il parlait devant la caméra d'une voix presque inaudible. Il lisait un texte manifestement rédigé à l'avance et dont chaque mot avait été pesé.

« Cher ami, ne croyez pas que j'ai déserté. Je pars avec Jupiter. La science l'a déclaré mort, mais son esprit ne l'est pas. J'ai vu, de mes yeux vu, la nuit dernière, ce corps inanimé reprendre vie sous l'effet d'une émotion que la raison humaine est incapable d'expliquer. Jupiter n'a pas rendu les armes. Sa conscience s'est réveillée ! Et cette conscience aux pouvoirs étranges m'ordonne de le conduire dans un lieu où doit s'accomplir le dernier acte de son règne. Je ne peux vous en dire davantage car j'ignore à cette heure en quoi consistera cet événement.

« Vous savez l'importance que Jupiter tient dans ma vie. Alors que je croyais avoir atteint le sommet de ma puissance, et que son fils, Coriolan, était tombé entre mes mains, il est le premier être vivant à m'avoir tenu tête et à avoir survécu à ma colère... Il a vaincu tous mes préjugés. Jupiter est unique. Il nous a tous précédés sur le chemin de la paix et de l'harmonie universelle. Ce rat s'est montré plus audacieux, intelligent et sage que les hommes. Son peuple lutte pour sa survie depuis la nuit des temps, il a souffert d'innombrables persécutions de la part des hommes, et nul mieux que son empereur n'était capable de mettre fin à cet interminable cycle de violence. Jupiter a compris que la vie était le bien commun de toutes les espèces. Il a voulu faire de la paix entre l'homme et le rat le symbole d'une nouvelle alliance... Parce que l'homme et le rat sont partout chez eux sur cette terre. Il a risqué sa vie pour nous faire partager cette conviction, nous, ses pires ennemis. Son message d'amour a provoqué et provoquera autant de réactions de haine que d'élans de foi. Moi qui n'avais vécu que pour vaincre, dominer et dépecer mes proies, j'ai été converti. Alors, tous les espoirs sont permis.

« Mais nous avons encore besoin de Jupiter. Il n'a pas achevé sa mission sur terre. Je dois l'accompagner jusqu'au bout. Mon temps, mes forces, ma fortune sont à lui. Nous réussirons... »

Les lèvres du Vieil Homme tremblaient. Il se tut un instant et reprit :

« Je vous renouvelle ma confiance pour continuer le travail que nous avons entrepris ensemble. Avec vous, Coriolan, le fils de Jupiter, n'est pas seul. Il est si jeune encore... Veillez sur lui, protégez-le. Il est notre avenir... »

Puis le visage disparut et l'écran redevint noir.

Christian Thévenet s'apprêta à dissimuler ce surprenant message dans le coffre-fort de son bureau puis il se ravisa.

Il introduisit de nouveau la cassette dans le magnétoscope, l'écouta une seconde fois avec une extrême attention, cherchant à y découvrir une indication, un sens caché... En vain.

Alors, il effaça la bande.

CHAPITRE 10

— Bougre d'animal, tu vas prendre à la fin !...

Étienne avait beau souffler sur les braises et les piquer avec le tisonnier, le feu ne partait pas. Le bois qu'il avait rentré au printemps n'avait pas eu le temps de sécher. La faute à un été pourri. Les bûchettes chuintaient, craquaient, et charbonnaient en fumant comme de la tourbe.

On sonna à la porte. Étienne quitta le devant de la cheminée et gagna le vestibule pour ouvrir à son visiteur.

— Mmmm ! Ça sent bon le feu de bois, dit Christian Thévenet en saluant le laborantin.

— Si on veut, bougonna Étienne.

— J'ai une surprise pour toi...

— Le paillasson... merci.

Étienne était très vigilant quant aux semelles de ses visiteurs. Il cirait lui-même ses parquets et prenait soin de lustrer les carreaux. Les deux hommes se dirigèrent vers la cuisine. Christian posa son cartable sur la toile cirée.

— C'est là-dedans... Mais avant que je te montre, éteins l'ampoule, il faut faire le noir.

La nuit était déjà tombée. On ne distingua plus dans la pièce sombre que la petite flamme du chauffe-eau au gaz. Christian ouvrit alors le cartable, y plongea la main et en sortit un rongeur phosphorescent, d'un vert acide, qui se mit à couiner faiblement.

— Misère de misère ! soupira Étienne, voilà qu'on les habille en fluo maintenant...

— Épatant, non ! C'est la dernière mode. Des

rats lumineux. Je peux t'assurer que le chercheur qui lui a taillé ce costume a entendu parler de moi...

— Et... Ça résiste à l'eau ?

— Indélébile. Figure-toi qu'on a introduit chez ce rongeur, au stade embryonnaire, un fragment d'A.D.N. de méduse... Tu sais, ces ombrelles de mer gélatineuses et photoluminescentes...

— Ces saloperies qui t'envoient une décharge électrique ?

— Pas toutes... Bref, on a extrait de l'A.D.N. d'une méduse pour le greffer sur un gène de rat. On s'est servi d'un virus comme médiateur et hop, le tour était joué. Tu as devant toi le premier mammifère antibrouillard. Une performance, cela dit... De la belle ouvrage, ça pourrait même servir pour marquer des cellules...

Étienne avait le nez au-dessus du petit rongeur.

— Le regarde pas de trop près, ça le gêne.

Étienne ralluma le plafonnier. Christian caressait le rat pour le rassurer.

— J'ai pensé que tu accepterais d'héberger ce malheureux dans ta basse-cour... Il te reste de la place ?

— On s'arrangera.

La pendule de la salle à manger sonna huit heures.

— C'est l'heure de la soupe, dit Étienne. Tu m'accompagnes au poulailler ?

En fait de poules, Étienne logeait, sous un appentis recouvert d'une toile goudronnée, à l'intérieur de casiers garnis de paille et de sciure, une centaine de rongeurs, rats albinos, hamsters et souris de laboratoire en fin de carrière. La plupart étaient passés entre ses mains du temps où il travaillait à la fondation. On avait testé sur eux des médicaments ou trafiqué leur patrimoine génétique. Le rat lumineux aurait pour voisins le lérot aux oreilles de cocker et la souris à groin de porcelet. De quoi le réconforter. Ici, les différences ne choquaient plus personne. C'était un carnaval animalier. Des savants avaient joué aux dés. Qu'ils aient tiré le bon ou le mauvais numéro, pas un de ces cobayes n'était plus chanceux qu'un autre. Étienne veillait à ne privilégier aucun de ses pensionnaires.

— Je me demande ce qu'en pensera Coriolan, s'interrogea Christian en glissant le rat lumineux par la petite porte grillagée d'un casier.

— Ça le mettra en pétard, sûr, dit Étienne.

Coriolan devait les rejoindre dans la soirée. C'était convenu entre eux depuis que le jeune rat avait rejoint ses congénères. À chaque lune décroissante, Coriolan retrouvait ses amis dans la maison de la rue de la Bandera. Pour échanger des informations. Tadeuz Karoly, absorbé par sa veille auprès du corps inanimé de Jupiter, n'avait jamais daigné assister à ces entretiens. Mais ce soir-là, son absence se fit tout de même sentir.

Étienne et Christian rentrèrent dans la cuisine pour en débattre.

— Pour moi, c'est tout discuté, martela Étienne. Le Vieux nous a encore roulés.

Christian fit la moue. Il n'était pas d'accord. L'autre suivait son idée.

— C'est plus fort que lui. L'Honorable Commanditaire a toujours été un patron, un exploiteur. Tu te souviens du type qu'il avait recruté pour faire la police dans la Fondation quand on étudiait Coriolan dans le labo... Un flic déguisé en directeur des ressources humaines.

— C'est loin tout ça, dit Thévenet. Tadeuz a changé. Il nous fait confiance.

— Si c'est vrai, pourquoi est-il parti sans nous demander notre avis ? Pourquoi faire tant de mystères ?... J'aurais bien voulu voir Jupiter ressuscité, moi ! Je suis comme l'autre qui ne croyait qu'à ce qu'il pouvait toucher. Jupiter, on n'a plus le droit d'y toucher. Le Vieux s'est fait la malle avec, tu trouves ça correct ?...

— Il n'avait peut-être pas le choix. Il dit dans son message qu'il ne fait qu'obéir à la volonté de Jupiter. Et il nous demande de défendre la vie de Coriolan.

— Ça va de soi ! Et ça ne m'explique pas pourquoi il s'est mis en route avec Jupiter. Pour aller où ? Pour quoi faire ?... On aurait pu en discuter avant. Non, ça, c'est pour nous rappeler qu'il reste aux commandes.

La mauvaise foi du laborantin agaçait Christian.

— Tu charries. S'il est exact — même si je continue d'en douter — que ce rat est encore animé d'un souffle de vie quelconque, faisons confiance au Vieil Homme. Il ne lâchera pas l'affaire. À mon avis, il est parti pour offrir à Jupiter une... comment l'appeler ?... une vie nouvelle. Tadeuz n'a jamais cru à sa mort. Pas plus que toi, d'ailleurs. Pour lui, ce n'est plus une question d'intérêt. J'y vois plutôt une sorte d'engagement spirituel... Il vit en symbiose avec Jupiter.

— Si c'est vrai, le Vieux a complètement perdu les pédales, soupira Étienne. C'est triste quand on pense à ce qu'il a réalisé, même le pire... Il en fallait là-dedans, ajouta-t-il en portant un doigt vers son front.

— Il me tarde de connaître la réaction de Coriolan, dit Thévenet. Peut-être en sait-il plus long que nous?...

Un bruit de faïence qu'on casse les fit sursauter.

— Qui en veut à mes assiettes? s'écria Étienne.

Au même instant, un rat fit son apparition sur le rebord du vaisselier. Pas fier. Coriolan avait voulu emprunter un raccourci après s'être introduit dans la maison par la cave.

— Je ne te savais pas aussi maladroit, lui lança Christian d'un ton moqueur.

Étienne se précipita vers le meuble pour faire l'inventaire des dégâts. Un plat à légumes en morceaux. Le service de Limoges lui venait de son épouse.

Les moustaches en berne et le dos rond, Coriolan n'osait plus bouger. Étienne lui fit les gros yeux.

— T'as de la chance que ça se recolle.

Un quart d'heure plus tard, Étienne et Christian, attablés autour d'un café noir, offraient au rongeur un «canard», un morceau de sucre trempé dans l'arabica. Coriolan adorait. La conversation allait bon train. Une conversation toujours aussi singulière, sans mimiques ni sons articulés. De cet échange extrasensoriel, Christian avait acquis assez de pratique pour en faire la traduction simultanée à Étienne. Ces trois-là se comprenaient autrement que le reste de la planète.

— De quoi parle-t-il au juste? s'impatienta Étienne tandis que le rat s'efforçait de dérouler le fil d'une histoire apparemment embrouillée.

— Une minute, murmura Christian, j'essaie de capter.

Étienne repoussa sa chaise en arrière et croisa les bras. Une minute, pas plus. Brusquement, le visage de Christian s'éclaira. Il partit d'un éclat de rire. Coriolan, vexé, le considéra avec un air de reproche.

— Te fâche pas, dit Christian redevenu sérieux, on est tous passés par là...

— Par quoi ? maugréa Étienne, fâché d'être tenu à l'écart.

— L'amour, mon vieux, l'amour avec un grand A... Tu n'imagines pas ce qu'une rate peut faire comme folies avec son corps.

C'est ainsi qu'Étienne apprit l'existence de Yasmina. Coriolan en était amoureux fou.

— Manquait plus que ça, dit Étienne. Si même les animaux les plus sensés de la création se mettent à genoux devant une femelle, à qui se fier ?

D'un petit coup de dent bien ajusté sur le dos de sa main, Coriolan fit savoir au laborantin qu'il n'appréciait pas ce commentaire. Étienne, surpris de la réaction, accepta de modérer ses propos.

— Après tout, dit-il à Christian, ce rat est spécial.

— Pas si sûr. À l'entendre, c'est un amour partagé et, que je sache, la femelle a grandi dans la nature.

— Parlons-en... Et d'abord d'où sort-elle ?

Étienne qui, à son grand regret, n'avait jamais eu d'enfant, commençait à s'inquiéter du choix du « petit ». Était-ce une honnête fille ?... Christian, qui avait deviné que cette jeunesse sortait du ruisseau, éluda la question.

Entre-temps, Coriolan, qui s'était rapproché des deux hommes, accrocha l'anse d'une tasse et la renversa, avec son marc de café, sur le pantalon d'Étienne.

— Ma parole, il m'en veut !

Le petit rongeur avait cédé à une brusque impulsion. Il venait de se souvenir qu'il n'avait pas seulement aimé, il avait aussi tué. Et il aurait voulu souffler cet aveu à l'oreille de ses amis. Non qu'il ait eu ce poids sur la conscience, un surmulot verrait toujours les choses autrement que les hommes, mais il sentait que ça risquait de les décevoir. Mis dans la confidence, Christian le rassura aussitôt. Un rat n'a pas toujours le choix des armes. Coriolan apprit ce soir-là la notion juridique de « légitime défense ».

— J'y ai pris plaisir, ajouta-t-il à regret.

À cela, l'homme ne trouva rien à répondre.

Coriolan évoqua aussi l'intervention de « l'ombre » qui lui avait sauvé la vie. Récit difficile à formuler dans le langage par lequel l'homme et le rat communiquaient. Christian comprit que le destin avait arbitré en faveur du jeune prince sans bien se représenter la scène.

Devant l'évier, Étienne, occupé à nettoyer son haut de pantalon à l'aide d'une serviette imbibée d'eau savonneuse, ignora ce détail. Il revint s'asseoir et sortit de sa poche de veston une pipe de bruyère et une blague à tabac. Il fumait du gris. Ici, ça ne dérangeait personne.

— Tu lui a dit que son père et Tadeuz avaient disparu ?

— J'y viens.

Christian espérait recueillir auprès du rongeur un indice capable de les mettre sur une piste. Mais Coriolan resta muet. Étienne l'aurait bien « cuisiné » un peu. Christian s'y opposa.

— Il a bien le droit d'être ignorant.

— Ou cachottier...

Coriolan, qui avait saisi la remarque d'Étienne, fit savoir à Christian qu'il était obligé de se taire, par respect pour son père et pour son peuple. C'était là son devoir de prince. Un devoir sacré.

Le jeune rat exprima cette pensée avec une gravité inhabituelle.

Onze coups sonnèrent à la pendule. L'heure était venue de se quitter. Étienne proposa de faire un tour dans le « poulailler » pour rendre visite au rat fluo. Coriolan s'y refusa. Pour lui, il s'agissait d'une abomination et il n'avait pas envie de jouer les voyeurs.

Au moment de quitter la pièce, sa queue se dressa comme s'il avait perçu un danger. Il hésita un instant à poursuivre sa marche, tourna la tête, et revint sur ses pas. Christian qui l'avait suivi des yeux, vint à sa rencontre. Leur échange dura quelques minutes puis le rat s'éclipsa.

— Si j'ai bien compris, dit Christian au laborantin, nous avons un ennemi, et pas des moindres : le régent de l'Empire... Jamais vu ce mâle. D'après Coriolan, nous avons peu de chances de le rencontrer. Il serait pire qu'un serpent et il espionne tout le monde.

— Et alors ? Il ne me fait pas peur.

— Coriolan prétend qu'il est dangereux. Il a une mentalité archaïque. Il déteste les hommes.

— Tiens donc ! Qu'il vienne me voir, ce grand méchant rat, on causera.

CHAPITRE 11

Seuls les officiers du chiffre et les agents attachés au cabinet secret du Conseil de régence avaient accès à la salle des vents. Un millier de rats se relayaient nuit et jour dans cette cavité naturelle située à trente mètres sous le parc de la Cité universitaire.

La salle des vents devait son nom à d'incessants courants d'air alimentés par un réseau de galeries qui partaient de la caverne pour déboucher à l'air libre, sur le boulevard périphérique. Ce dispositif datait des travaux de percement de la voie rapide. Chantier que les rats gris avaient su très vite exploiter à leur avantage. Des taupes déportées du Massif rhénan leur avaient alors fourni des équipes de choc, avant d'être noyées dans les eaux souterraines de la Bièvre. Aucun rongeur étranger à l'Empire ne devait avoir connaissance de ces tunnels.

L'ensemble du réseau mesurait plusieurs dizaines de kilomètres de long. Il ne servait pas à la circulation des individus ni à l'aération du sérail et des quartiers annexes, mais bien au captage des vents. Le piège fonctionnait par tous les temps. Bourrasques, rafales, brises s'engouffraient sous terre et tourbillonnaient en sifflant dans la caverne. Par temps calme, le moindre souffle était amplifié et sa vitesse de déplacement accrue par l'ingénieux système. Ces mouvements d'air avaient une importance stratégique. Ils apportaient des effluves venus de la terre entière. Des millions de messages transmis de relais en relais depuis les confins de l'Empire et décodés sur place par des spécialistes du renseignement.

La salle des vents constituait un rouage indispensable à la bonne marche de l'Empire. Toutes les informations reçues étaient traitées, triées, synthétisées et transférées sur les canaux olfactifs utilisés par le cabinet secret du Conseil de régence. En retour, celui-ci communiquait à la salle les ordres et les consignes qui devaient être renvoyés à destination des agents extérieurs.

Les rats qui faisaient office de récepteurs et d'émetteurs avaient les yeux crevés. De quoi les obliger à travailler le seul organe sensoriel utile au service. Leur odorat. Le règlement leur interdisait d'avoir une activité sexuelle et de conserver un lien olfactif avec leur famille et leur clan. L'existence de ces fonctionnaires était vouée à la recherche et à la diffusion de l'information. Quoique bien nourris et admis à de fréquentes périodes de repos, la plupart mouraient en peu de temps, victimes du stress.

Gala, une femelle originaire des égouts de Vitry, faisait figure d'exception. Recrutée comme agent récepteur, sa vitesse de traitement et ses qualités d'analyse l'avaient désignée à l'attention des officiers du chiffre. Promue au poste d'interprète du secteur maritime (à savoir tous les messages émis sur les océans et les mers par des rats embarqués, tâche requérant des capacités exceptionnelles du fait de l'éloignement des sources d'émission et de la précarité des relais), Gala avait fini par gagner ses galons de chef analyste. Un poste où l'on ne faisait pas de vieux os... Elle, avait survécu à cette dernière épreuve. Ses supérieurs, éblouis par sa longévité, l'avaient alors recommandée au premier conseiller de régence, autant dire au régent lui-même. Elle avait été la première rate de l'histoire du Grand Labyrinthe à obtenir le titre prestigieux de médium impérial.

Alcibiade appréciait l'efficacité de cette rate à l'odorat subtil et à l'endurance phénoménale.

— Tu es notre arme secrète, lui avait-il dit un jour. Avec toi, l'Empire peut détruire ses ennemis à distance et connaître leurs plans au moment même où ils les conçoivent.

Dans ses fonctions officielles, Alcibiade ne mettait jamais sa personne en avant. Il affectait de servir l'État.

Ce fut un vent d'est, acide et capricieux, qui apporta le premier message en provenance des anciennes colonies de l'Orient des sables. Ces établissements étaient restés muets depuis le règne de Sirius, ce qui remontait à plus d'un millénaire à l'échelle du temps humain. Les rats d'Occident en avaient quasiment perdu le souvenir. Ils savaient les lieux habités par de lointains cousins originaires comme eux du delta du Gange et des jungles de Siam, mais ceux-là n'émettaient jamais. Des rats de Karachi, qui avaient coutume de voyager dans ces déserts, prétendaient qu'ils avaient accepté de se soumettre aux hommes.

Jusqu'alors, l'Empire avait négligé cette tribu de renégats. Leur territoire, infesté de serpents et de chacals, ne valait pas d'y engager des troupes. Mais Alcibiade se voulait implacable. Il décida de poursuivre et de châtier les traîtres. Les meilleurs espions du sérail furent envoyés sur le terrain. Comme tout échange migratoire et commercial avait été interrompu depuis des siècles entre le Grand Labyrinthe et cette province perdue, la première mission de ces équipes consista à remettre en service les liaisons olfactives terrestres.

Le message qui venait de parvenir dans la salle des vents avait couru à travers les rizières de l'Indus, escaladé les hauts plateaux de l'Hindû-Kûsh, zigzagué dans les steppes de l'Asie centrale, franchi la chaîne de l'Oural avant de redescendre vers la mer Noire et d'emprunter la route des Balkans… Il arriva dans la salle des vents quelque peu endommagé. Il y avait eu des erreurs d'aiguillage avant l'Oural. Déchiffrer ces signaux frelatés n'était pas à la portée du premier venu ni même de l'officier de commandement. Seule Gala pouvait venir à bout de ce rébus. Elle y parvint en quelques secondes.

— C'est fait, Monseigneur, déclara le médium impérial au régent. Nos agents ont déjà collecté du matériel, mais il faudrait améliorer la transmission en montagne. Sauf votre respect, Monseigneur, ils roupillent là-haut.

Enfant choyée du régime, Gala avait le droit d'exprimer un avis personnel.

— Tu veux dire qu'ils hibernent, dit Alcibiade. Nos équipes mobiles n'ont pas fini de baliser le parcours. En attendant, le cabinet secret a dû recruter des locaux, dont des marmottes qui dorment la moitié de l'année. Leurs relais sont forcément saisonniers. Ce n'est pas la bonne période… Que dit le message ?

Gala aimait par-dessus tout exécuter les ordres du régent. Son odeur plébéienne, un peu vulgaire, la subjuguait. Il était le mâle dominant de l'Empire et Gala se sentait aspirée par cette puissance virile.

Elle retranscrit le contenu du message avec une précision mécanique :

« Scorpion Rouge (indicatif de l'équipe en poste) à Nid de Guêpes (indicatif du cabinet secret). Daté du troisième cycle de la cinquantième lune. Avons investi un habitat isolé contenant un homme. Emplacement : zone désertique à portée d'odeurs d'un poste frontière. Usage des lieux : commerce. Enseigne : « Drugstore ». Descriptif : planche posée sur des tréteaux, bâche en plastique, ardoise suspendue au-dessus du comptoir, murs en briques, sol en terre battue. Pas de canalisations d'eau. Marchandises : parapluies, savons, saladiers en inox, couvercles de lessiveuses. Autres ustensiles non identifiés. Nom du propriétaire : Rajiv. Signes particuliers : porte un turban rose sur la tête. Barbu. Chevelu. Gros ventre. Profil : vole ses clients. »

Alcibiade renifla d'aise. Ce détail l'amusait. Gala, imperturbable, continuait de cracher les données :

« Observation diurne, second cycle de la cinquantième lune, troisième radian solaire. Rajiv, fâché par la visite d'un client. Un homme blanc. Face abîmée. Porteur de cicatrices. Extrémité d'un membre supérieur recouvert de métal. D'après sources concordantes, seul homme blanc sur zone. N'ouvre pas la bouche. Ne marchande jamais. Paie en billets verts. Rajiv lui a vendu une bonbonne. Contenu gazeux. L'étranger a suivi Rajiv à l'intérieur de la boutique. Rajiv nerveux. Cache des armes à feu sous des balles de coton. Objets de contrebande. L'étranger pas venu pour fouiner. Est ressorti pour encorder la bonbonne sur le plateau d'un véhicule à moteur. A repris la piste en soulevant un grand nuage de poussière. Rajiv a regardé partir l'étranger, les doigts dans sa barbe. Il a pensé : "Le sahib doit être en compte avec Shiva." »

Alcibiade sursauta.

— De qui s'agit-il ?

Gala n'avait pas fini de transcrire :

« Identité de Shiva : d'après sources indigènes — rats pilleurs de fèves —, dieu porteur du troisième œil. Appelé aussi le Destructeur. Attendons ordres. Fin d'émission. »

Alcibiade se frotta le museau. Il semblait content,

très content du message. Il y avait peut-être un espoir de ce côté-là.

Gala fut transportée de joie à l'idée d'avoir communiqué de l'espoir au régent.

— Vos ordres, Monseigneur ?

— Qu'ils gardent l'affût. Le gibier reviendra sûrement. Je veux qu'on le suive alors à la trace.

En moins de quarante-huit heures, l'ordre fut transmis. Cette fois, les signaux furent acheminés par la voie des airs, *via* un avion-cargo qui faisait la ligne Roissy-Bombay, puis répercutés le long de la route menant à Jaisalmer, ville provinciale de l'État du Rajasthan, au nord-ouest de l'Inde. Scorpion Rouge planquait à une journée de piste de Jaisalmer, en plein désert de Thar.

CHAPITRE 12

Le service des vents entra dans une phase d'ébullition. Les messages en provenance de l'Orient des sables se multipliaient. Comme aucun agent récepteur n'avait encore été formé à décrypter correctement ces signaux, le désordre s'installait. Gala ne suffisait plus à l'ouvrage. Ça crépitait vingt à trente fois par jour à ses narines et la mécanique s'enrayait. On dut lui adjoindre en urgence deux officiers du chiffre de la dernière promotion. Le médium impérial, vexé, demanda des explications. Le régent, ayant mieux à faire que de ménager l'amour-propre de ses subordonnés, ne donna pas suite à cette demande et infligea au médium un surcroît de travail.

Personne n'est irremplaçable. Gala devait accepter de mourir à la tâche, comme les autres.

Astreint à des rapports journaliers, ce fonctionnaire modèle jeta ses dernières forces dans la bataille. Gala se voulait encore la meilleure mais le régent ne l'excitait plus du tout.

Lui, en revanche, exultait.

Scorpion Rouge s'était scindé en deux sections. La première, basée chez le petit quincaillier du désert, la seconde collée aux semelles de l'homme blanc. C'était cette deuxième section qui intéressait particulièrement Alcibiade.

— Où en sont-ils ? demandait-il au médium chaque fois qu'il venait lui rendre compte des messages du jour.

Gala livrait l'information sans commentaires : « Scorpion Rouge à Nid de Guêpes. Daté du quatrième cycle de la cinquantième lune. Avons suivi l'homme blanc à bord de son véhicule. Trajet : champ de cailloux coupé par des dunes de sable. Aspect visuel : pelage du tigre. Puis terrain encombré d'énormes troncs d'arbres morts. Puis steppe grise piquée de buissons épineux. Fin du trajet. Transport : inconfortable. »

À cet endroit du message, Alcibiade ronchonna.

— Plus vite !... Plus vite !

« Emplacement : village en ruine envahi par les sables. Au loin, entre deux dunes, des coupoles blanches. D'après première reconnaissance visuelle, architecture utilisée par humains pour rassemblement de foules. Édifice monumental. Semble à l'abandon. Retour sur site : l'homme blanc loge dans un fortin avec hauts murs protecteurs. Descriptif : trois pièces éclairées de jour par cour intérieure. Une dizaine d'ouvertures étroites. Mobilier sommaire. Lit, tapis de joncs, coffre en bois, récipients en argile. Une machine à fournir de la lumière. Eau stockée dans bidons. Attendons ordres. Fin d'émission. »

Le lendemain, Scorpion Rouge livra un portrait plus précis de l'homme blanc. Âge mûr, mâchoire inférieure démolie, peau ravagée par d'anciennes brûlures. La haine transpirait par tous ses pores.

Ces nouveaux éléments déclenchèrent chez Alcibiade une brusque augmentation des sécrétions hormonales.

— Je veux qu'on me communique les raisons de sa présence là-bas.

Gala sortit alors de sa réserve pour dire au régent :

— C'est demander l'impossible, Monseigneur. Les hommes se déplacent et agissent le plus souvent pour satisfaire des besoins qui nous échappent.

— Tout animal a besoin de manger, de dormir, de copuler et de tuer son rival, répondit Alcibiade. Cet homme vit comme un rat banni de son clan. Il est estropié. Il transpire la haine. Pourquoi ? Qu'on fouille ses affaires, qu'on le renifle dans son sommeil… Je veux des résultats.

« Scorpion Rouge à Nid de Guêpes. Daté du premier cycle de la cinquante et unième lune. Sources indigènes : souris brunes. D'après indices concordants, l'homme blanc est attendu en visite dans des oasis. Serait un faiseur de pluie ou un sorcier habile à accroître le rendement des récoltes. Mais l'homme blanc ne fait pas son travail. Ne quitte pas le fortin sauf pour provision d'eau, aliments solides et bonbonnes de gaz. Sur zone : avons inspecté caisses en bois entreposées dans une pièce sans ouvertures. Contenu des caisses : matériel de laboratoire et débris de roches enfermés dans des flacons en verre. Après examen d'un de ces débris, concluons à une roche d'origine extraterrestre. Attendons ordres. Fin d'émission. »

Cette fois, on entrait dans le noir. Pas plus les officiers du chiffre que le cabinet secret de la régence n'y comprenaient goutte. Alcibiade, lui, se sentait de plus en plus nerveux. Et le médium impérial de moins en moins opérationnel.

Harassée de travail, harcelée sans cesse par le régent, Gala sentit venir l'issue fatale. Un sens olfactif paralysé, un cerveau ramolli. Pour elle, ce serait bientôt la mise à pied et la venue des rats marrons, ces nécrophages des services administratifs qui faisaient taire les bouches inutiles et disparaître les corps.

Alors, Gala, affolée, viola la loi du secret qui s'appliquait à tous les employés du service des vents. Elle confia ses angoisses à un modeste agent récepteur qui lui avait marqué, dans sa chute, une touchante sollicitude.

L'agent était un espion du camp des loyalistes, hostile au régent et favorable à l'héritier dynastique, Coriolan. Cette faction avait pour chefs Darius et Goliath.

Le médium impérial se montra bavard. L'intégralité des messages de Scorpion Rouge fut communiquée à l'entourage de Coriolan.

— L'Orient des sables est un territoire maudit. Le régent veut l'annexer ?... Qu'il y aille et qu'il y crève. Bon débarras.

Goliath raisonnait en militaire. Cette soudaine effervescence autour d'un pays aride et inhabité n'offrait aucun intérêt stratégique. Darius dut insister pour que Coriolan soit malgré tout informé.

— Le jeune prince ne connaît rien à ces questions, rétorqua Goliath. Il ne sait pas à quoi sert le service des vents ni même qu'il en existe un !

— C'est l'occasion de le lui apprendre.

— Si tu veux mon avis, en ce moment le prince se montre surtout réceptif au parfum de sa concubine.

Coriolan, allongé contre le flanc de Yasmina, reprenait son souffle quand Darius pointa le nez. Le bout du nez. Il avait peur de déranger. Mais Yasmina consentit à s'effacer en se coulant silencieusement hors du terrier impérial.

Darius mit Coriolan dans le secret des vents. Du moins pour ce qu'il en savait lui-même. Sa caste militaire était tenue éloignée du cabinet secret et de ses officines. Coriolan l'écouta avec une grande attention. Quand Darius en vint à l'affaire d'Orient, le regard du prince s'assombrit soudain. Il exigea d'en connaître tous les détails. Trois d'entre eux le troublèrent particulièrement.

— Des coupoles blanches au milieu de dunes de sable ?... Et une roche d'aspect inconnu sur terre ?

— Oui, prince, c'est ce que disait le message. Un grand édifice au milieu du désert et ce caillou tombé du ciel.

— Cet homme blanc... A-t-il déjà capturé des rats ?

— Pas à ma connaissance... Le médium impérial n'a plus le temps de décoder tous les messages même si elle en capte l'essentiel.

Coriolan se mit à tourner en rond en délivrant une odeur amère. Il jeta un œil vers l'entrée de la chambre où Yasmina s'était assoupie, repliée sur elle-même, pareille à un bouton de nénuphar.

— Il ne faut surtout pas lâcher ce fil, Darius. Si l'homme blanc s'empare d'un des nôtres ou de n'importe quel rat du voisinage, alors, le pire est à craindre. Je le sens mais je ne saurais pas te l'expliquer... Goliath et toi, vous devez redoubler de vigilance. C'est une affaire capitale.

Darius pensa aux réserves émises par Goliath. Le prince intercepta sa pensée.

— Goliath me considère encore comme un enfant. Le régent aussi mais lui voudrait ne jamais me voir grandir... Dis à Goliath de ne pas lâcher son informateur. Je veux qu'on me rende compte de tout ce qui passe par le médium.

En quittant la chambre, Darius s'aperçut que le parfum de Yasmina avait changé de couleur. Du mauve, signe d'abandon paisible, il avait viré au violet foncé, annonciateur d'orages.

Coriolan s'approcha de Yasmina pour flairer sa fourrure mais la jeune rate le repoussa.

— Tu as mieux à faire que de me prodiguer tes caresses. Tes officiers te visitent chaque nuit et je sens à ton odeur que leurs rapports te causent des soucis qui t'éloignent de plus en plus de moi.

La remarque était juste. Elle ne froissa pas Coriolan. Yasmina avait le droit de savoir tout ce qui concernait le destin du prince héritier.

— Au début de notre rencontre, dit Coriolan, tu m'as confié l'histoire de tes origines. Pas moi. Pourtant, je me sens comme toi étranger à ma race. Mon père, Jupiter, m'a fait naître dans une cage où les hommes tenaient ma mère enfermée. Peu après ma naissance, j'ai été mis en contact avec ces hommes, des savants qui se servent de nos frères et de nos sœurs pour expérimenter des drogues. J'ai réussi à parler à l'un d'entre eux et à gagner sa confiance. Pour moi, l'homme n'est pas un ennemi et le rat n'est pas condamné à subir sa condition d'esclave et de gibier. J'ai à réconcilier nos deux espèces. Mon père a ensemencé ma mère dans ce but. Je suis à la fois le plus libre et le moins libre des êtres vivants… Le plus libre parce que mon intelligence m'a affranchi de l'instinct et le moins libre parce que ce don m'oblige à réaliser le rêve de mon père. Je suis venu au monde pour abattre le mur d'incompréhension qui depuis toujours sépare l'homme du rat.

Yasmina écoutait ce flot sonore comme une mélopée apaisante. Elle murmura :

— Est-ce que l'amour que tu as pour moi est un don que les autres rats n'ont pas ?

— Peut-être. Tu sais, je ne me pose pas ces questions. J'essaie seulement d'agir dans le sens voulu par mon père.

— Lui, est-ce qu'il a aimé ta mère ?

— Je ne sais pas, mais ma mère m'a aimé autant qu'une mère peut aimer son enfant. Et mon père aussi.

— Comment est-il mort ?

— Pour moi, il n'est pas mort. J'ai vu ses yeux se fermer et un homme l'emporter avec lui, avec des gestes respectueux et doux. Je sais que j'ai rendez-vous avec ce père, qu'il m'attend. La paix que je dois instaurer ne sera rendue possible que par cette dernière rencontre. Alors seulement, j'aurai mérité de porter la couronne d'empereur.

— C'est lui qui doit te coiffer de la tiare impériale ?

— Tu m'en demandes trop. Je t'ai dit tout ce que je savais de moi et de lui. Sa conscience me guide mais elle ne m'appartient pas.

Yasmina demanda à Coriolan de s'approcher à nouveau d'elle et il la couvrit durant de longues minutes.

CHAPITRE 13

La conduite de l'Empire me laisse peu de loisirs, pas assez en tout cas pour régler son compte au bâtard. Ma première tentative a échoué. Ce raton a du ressort. Face à mes gardes, il n'avait pas la partie gagnée. Pourtant, il s'en est sorti vivant. Les démons, cette nuit-là, étaient de son côté. Tant pis. D'ailleurs j'ai été bon perdant. Je l'ai récompensé. Son ardeur au combat m'avait fait honneur.

Et voilà qu'il s'est entiché d'une rate de rien du tout. Ça me déçoit. S'il la rossait, passe encore. Mais non. Cet innocent la couvre avec tous les égards dus à l'impératrice mère.

Il ne sort plus. Cette drôlesse l'a ensorcelé. Aussi ai-je dû prendre sur mon sommeil pour monter la garde devant leur terrier. Ils ne se gênent pas pour moi. Je ne perds rien du spectacle. Et que je te mange de baisers, que je t'étrille, que je te bichonne... Elle n'en a jamais assez. La gamine sait varier les menus.

Moi qui croyais avoir tout exploré de la luxure, j'en apprends encore.

Ils appellent ça de l'amour. Un enfer, oui. Jamais de repos.

Je finis par craindre pour la santé du prince. Je veux le massacrer vivant, moi, pas m'acharner sur un squelette.

De les voir faire m'a donné l'envie de rendre visite au harem. On ne perd rien à expérimenter les idées nouvelles. Mais le harem est une institution très conservatrice. On n'y pratique que trois positions et l'on n'y connaît que deux manières d'échauffer le mâle. Pas moyen de faire évoluer ces dames. Il y a eu de la casse, forcément. Et forcément, je me suis énervé. Cent vingt femelles se sont alors mises à hurler dans les couloirs. Les eunuques ont rappliqué. Cavalcades, échange de coups… J'ai failli me faire égorger par ma propre police. Un joli scandale.

Mais il y a plus grave que de voir le prince faire des bêtises de son âge : il manœuvre dans mon dos. D'avoir recruté Darius et Goliath, ces demi-soldes aigris et bêtes à manger de l'âne, c'est impardonnable. Ces deux-là se seraient fait tuer sur place pour Jupiter et voilà qu'ils remettent ça avec l'héritier. Alors que c'est à moi de veiller sur l'éducation du bâtard, à moi de le couver, à moi de le conduire à sa perte !

Darius, Goliath, Yasmina. Ces trois-là sont de trop.

CHAPITRE 14

Le Boeing 747 frappé du logo de la Fondation pour les sciences de la vie et de l'environnement était sur le point d'atterrir à l'aéroport de Dubaï, sur le golfe Persique. Il devait y effectuer une escale technique avant de poursuivre son vol vers Bombay.

Tadeuz Karoly avait fait aménager cet appareil, conçu pour emporter plus de deux cents passagers, en résidence privée. Il y travaillait et il y méditait. L'ameublement de ce bureau itinérant était luxueux mais fonctionnel. Le Vieil Homme ne laissait rien au hasard.

Depuis qu'il avait quitté sa Hongrie natale, à

l'âge de vingt ans, il n'avait pu se fixer durablement nulle part. Ce mouvement perpétuel s'accompagnait cependant d'un souci méthodique de l'organisation. Il devait se sentir partout opérationnel. Il avait aussi besoin de se couper du monde pour mieux le dominer. Adolescent, Tadeuz Karoly avait fréquenté le séminaire de Györ. Moins par vocation religieuse que par volonté d'en découdre avec un adversaire à sa mesure. Le diable en était un. Mais le siècle ne croyait plus au diable ni à l'enfer. Tadeuz était né trop tard. Il avait dû renoncer à ce combat. C'est, hors des sentiers de l'Église, qu'il avait trouvé sa voie.

Le diable, ce serait lui.

Tadeuz Karoly était devenu un monstre d'égoïsme, de cupidité et d'orgueil. Il avait fait fortune. Ce qui n'était pas pour lui une fin en soi, juste une manifestation exemplaire de sa volonté de puissance. Au fond, il était resté fidèle à son enfance, quand il battait en solitaire les taillis qui bordaient les rives de la Tisza, à l'est du Danube. La chasse avait été son unique passion. Un prédateur-né. Il ne vivait que pour poursuivre un gibier ou pour le guetter des heures, des jours durant. Il avait expérimenté toutes les techniques de chasse et longuement observé la plupart des grands carnassiers terrestres. Tuer lui procurait un bonheur vital. Il n'existait vraiment qu'au contact des bêtes dont il déjouait les ruses et qu'il défiait parfois au mépris de sa propre vie. Les grands félins, à l'exception du tigre de Sibérie, n'étaient pas sa proie favorite. Il leur préférait les buffles ou les éléphants dont les charges brutales lui interdisaient toute erreur de tir. L'ours l'avait fasciné longtemps.

Jamais il n'aurait pu imaginer être dominé par un... rat. Pour lui, ce rongeur ne valait pas mieux qu'un crabe sur son rocher. C'était avant Jupiter, avant ce face à face avec l'animal le plus intelligent de la planète. Du jour où Jupiter était entré dans la vie du Vieil Homme en le forçant à mettre un genou à terre (il est vrai que Jupiter n'était pas seul, un million de rats faisaient alors cercle autour du Vieil Homme prêts à le dévorer au moindre geste suspect), de ce jour-là, Tadeuz avait basculé dans un autre univers mental. Toute sa science de prédateur, il l'avait mise au service de ceux qui lui servaient autrefois de gibier.

Au moment d'atterrir à Dubaï, Tadeuz Karoly se tenait dans le cabinet de lecture, confortablement assis dans un fauteuil en cuir, près d'un coffret en bois précieux. Cet écrin dont la forme évoquait celle d'un étui à violon renfermait le corps de Jupiter.

L'Empereur des rats, immobile dans sa boîte capitonnée de velours bleue, dormait toujours d'un sommeil de pierre.

Avant d'atterrir à Dubaï, le Vieil Homme jeta un œil par l'un des hublots. Le jour se levait et il aurait aimé apercevoir le désert.

Là où il allait, l'attendait un autre désert de sable avec des dunes exténuantes à gravir et des vents qui aveuglaient et dévoraient l'empreinte des vivants. Encore quelques heures de vol, deux ou trois jours de route, et il aurait devant lui cet océan blanc.

Il avait conservé son costume de ville de flanelle légère et portait des mocassins de chez Loebb. Il avait décidé de ne rien modifier à sa tenue. Il n'était pas parti chasser le buffle comme il le faisait autrefois. Il ne se sentait même pas en voyage. Rien ne pouvait plus le changer ou l'atteindre.

Le coffret serait son talisman.

CHAPITRE 15

Un matin, le régent fit irruption dans la chambre de Coriolan, l'œil mauvais et les crocs luisants.

Yasmina était occupée à masser le dos de son amant. Ce dernier, ulcéré par l'intrusion d'Alcibiade, bondit sur ses pattes. Le régent le dominait encore, de bien peu à vrai dire, mais il ne lui en imposait plus. Ils se firent face. Leurs museaux se frottèrent l'un à l'autre. Pas vraiment un échange de politesses. Alcibiade avait deux mots à dire à son prince.

— La bagatelle, ça suffit ! Tu n'es pas venu au monde pour te prélasser. Le peuple gronde et la Cour s'impatiente. Tous attendent un signe de toi pour la célébration de la pleine lune.

Alcibiade faisait référence à l'oracle que rendait l'Empereur des rats à cette période du calendrier lunaire. Jupiter, durant son règne, était passé maître dans cet art divinatoire. Coriolan devait y briller à son tour.

— On ne te demande pas de lire dans l'avenir, continua Alcibiade, tu n'es encore que le premier des prétendants, mais au moins de faire un discours. C'est la tradition.

Le régent avait joué sur la corde sensible, l'honneur du nom. Pour rien au monde, même pour Yasmina, Coriolan, n'aurait pris le risque d'offenser la mémoire de son père. Mais la rouerie d'Alcibiade n'avait pas échappé au jeune rat.

— Soit, dit Coriolan en se dressant sur son séant, je parlerai de la place où parlait mon père et selon le rite institué par mes aïeux… Tu as trouvé le seul argument qui puisse m'éloigner d'elle (il désigna Yasmina de la tête). Tu es malin, Monseigneur... Je m'en souviendrai quand j'aurai, moi aussi, à te rappeler à tes obligations. Maintenant, sors d'ici...

— Mon prince, le régent est partout chez lui dans cet Empire. Je sortirai mais... tu me suivras. Un discours du trône ne s'écrit pas sur le dos d'une femelle.

CHAPITRE 16

La caverne du trône n'avait pas connu une telle affluence depuis la mort de Jupiter dont la parole sacrée résonnait à chaque nouvelle lune sous les voûtes de pierre.

Toute la nomenklatura de l'Empire, tous les caciques des zones portuaires, les gouverneurs des 3 408 territoires annexés, la noblesse de cave, de cour et de rue, les régisseurs des domaines urbains et suburbains, les pirates des îles blanches, les magistrats du Palais et leurs souris, bref tout ce que la race de Norvège avait produit de pire et de meilleur en ce très bas monde était accouru pour assister au premier discours de l'héritier du trône.

Il y avait aussi les chefs des meutes alliées, rats et lérots, loirs, marmottes, et ces braves ragondins que leurs prédateurs humains, les fourreurs, avaient baptisés du nom pompeux de « loutres de l'Hudson ». Titre ronflant dont se seraient bien passés ces parents pauvres des castors. D'autant que leur délégation comptait surtout des individus natifs du marais poitevin.

Du temps de Jupiter, cette foule se mettait au garde-à-vous dès l'apparition du monarque. Mais la Régence avait instauré une certaine pagaille dans l'attribution des privilèges et, partant, dans le nombre de places attribuées pour l'événement. Il y eut des passe-droits, de la triple et quadruple billetterie, des renvois d'ascenseur… Résultat, au lieu des 75 670 invités officiels, on en compta près de six cent mille. Enfin, d'après le calcul des guichetiers du sérail.

La bousculade monstre qui s'ensuivit accoucha d'une montagne. Une montagne de rats. Les rats gris s'emparèrent du sommet. Les mulots et les minuscules rats des moissons, ensevelis sous le nombre, durent creuser des tunnels pour en sortir vivants. Les plus cannibales en réchappaient, les autres y restaient. Mais pour ces dévots de la 4 197e dynastie, venir voir le prince héritier, ne pas le voir et… mourir, valait quand même le voyage.

Quand la cohue cessa, des gardes taillèrent un chemin au régent. Alcibiade traversa la caverne et grimpa sur un carton, la moustache arrogante, la gueule entrouverte sur des dents de jade. Il n'avait pas le droit de monter sur le pavé de granit qui servait de trône à l'Empereur.

Puis vint le prince héritier, précédé de ses ordonnances, Darius et Goliath. Ces vétérans n'eurent aucun mal à fendre la foule. On accueillait en eux des amis. On les saluait, on plaisantait sur leur passage. Coriolan découvrit ce spectacle, le museau frémissant. Une entrée solennelle l'aurait effarouché. Mais la bonhomie de l'assistance lui fit chaud au cœur.

Où serait juché le prince ? La question avait fait

les délices des conversations de la cour avant qu'Alcibiade ne tranche. Le prince serait admis à siéger sur le trône mais en tournant le dos à l'assistance.

Impossible de refuser au bâtard la place la plus éminente mais de le voir me dominer du regard m'était insupportable. Mon siège se trouve devant le trône, un peu en dessous. J'ai donc imaginé de le mettre au coin, comme un cancre. Et de le laisser offrir son postérieur à l'admiration des foules.

Alors qu'il se hissait sur trône, Coriolan ne résista pas à l'envie de se retourner pour contempler l'assemblée. L'impériale odeur de boue et de déchets végétaux qui émanait de sa personne avait eu pour effet de courber les échines et dresser les oreilles. Devant lui, un tapis de muridés aux reflets gris, roux, bruns, beiges. Une houle à peine formée. Les plus hauts dignitaires de l'Empire écrasés par le poids d'un symbole. De quoi le griser un peu.

Il ne tint pas compte du regard courroucé que lui adressa Alcibiade. C'est face à l'assemblée qu'il se lança dans son premier discours officiel.

Devant lui, six cent mille dos aveugles. Alcibiade, en voulant humilier son prince, avait oublié ce détail. Au pied du trône, quand l'Empereur parlait, les rats se couchaient face contre terre.

Coriolan, pour eux, était déjà l'Empereur.

S'il n'avait pas l'éloquence de Jupiter qui ciselait les sons comme une matière musicale, il parlait dru et franc.

— Je suis né pour vaincre vos peurs. Mon père, le Bien-Aimé, m'a envoyé parmi vous pour faire lever le grain de la liberté.

Un murmure d'approbation salua cette annonce.

Si la liberté tenait dans une graine, c'est que la liberté était bonne à manger. Ça promettait une période d'abondance.

C'était le début d'un malentendu. Coriolan n'était pas devin. Ce qu'il avait l'intention d'annoncer, c'était la couleur de son programme. Alcibiade le comprit très vite. Il commença à émettre de discrets avertissements à son prince.

— Je ne parle pas à des sujets mais à des citoyens, continua Coriolan. Il n'y a plus de tyran. Je gouvernerai en accord avec la volonté du peuple et de ses représentants. Il n'y a plus de castes. À chacun selon ses mérites. Il n'y a plus de police des odeurs. Chacun est libre d'exprimer son opinion et ses humeurs à la condition de pas nuire à la liberté d'autrui. Il n'y a plus de harem...

Dans les rangs des dignitaires, la stupéfaction était à son comble. On leur prédisait la fin de leurs privilèges. Y compris celui d'avoir cinquante épouses et autant de concubines. À tout prendre, ils auraient préféré la disette.

Coriolan poursuivit :

— Il n'y a plus de guerre. Il n'est pas interdit de se défendre mais sous mon règne, le peuple utilisera d'autres armes que celles de nos ancêtres. Jupiter, mon père, m'a fait naître et m'a choisi entre tous ses fils comme héritier du trône pour remplir cette mission. Nous n'avons pas à craindre l'homme. Il peut être un concurrent, jamais un ennemi. S'il menace, rusons. S'il veut la paix, acceptons la main tendue. Apprenons à vivre ensemble.

Alcibiade, effaré, émit une phéromone qu'il savait indéchiffrable pour la majorité des rats présents dans la caverne. Ce message disait :

— Tu es cinglé ! C'est leur demander de se suicider. Si tu continues sur ce ton, ils vont se révolter et nous égorger séance tenante.

Le conseil tomba dans l'oreille d'un sourd. Coriolan enfonça le clou.

— J'attends de vous du courage, le vrai courage qui est l'apprentissage de la sagesse. La violence est un piège ! Montrez-vous violents et vous subirez en retour une violence plus grande encore !... Refusez le monde, sa diversité, sa richesse, et vous crèverez dans un trou de misère, de solitude et de mépris...

Il conclut :

— Avec moi, les rats ne seront ni rois ni esclaves. Vive la liberté ! Vive le bonheur sous terre ! Vivent le peuple et son Empire !

Personne n'osa lever les yeux. Alcibiade, sur sa tribune, avait baissé les siens. L'héritier du trône venait de mettre sa tête sur un billot.

Dans l'assistance, deux rats de sang impérial, des frères jumeaux qui présidaient le Collège des princes, redressèrent la tête. Ils écumaient de rage. Alcibiade s'en aperçut et, sautant de son piédestal, fit mouvement vers eux.

Les princes jumeaux n'étaient pas de pâles courtisans mais deux parmi les deux millions de fils de Jupiter. Et les plus illustres d'entre eux. Ils étaient le portrait vivant de leur père. Aussi grands, aussi forts, aussi fiers. Et ils étaient deux.

Pour eux, Coriolan avait toujours été un usurpateur. Ils le considéraient à cet instant comme un traître. L'un des jumeaux se mit en posture de combat. Son frère l'imita aussitôt. Ils se trouvaient en dessous du trône, juste derrière les rats de Silésie qui composaient la haie d'honneur. Dans la stupeur où était plongée l'assemblée, les jumeaux auraient franchi sans peine ce cordon de soldats.

Mais Alcibiade se tenait maintenant devant eux. Il avait deviné leurs pulsions régicides. Or le régent avait bonne mémoire. Il se souvenait de la mort de Celsius, égorgé par Jupiter, à cette même place, après l'avoir mis au défi de se battre. Coriolan aurait certainement tenté d'en faire autant avec ses demi-frères. Il en avait la force.

Les jumeaux comprirent qu'ils devraient attendre pour agir. S'ils avaient agressé Coriolan, le régent se serait interposé et les aurait fait mettre en pièces par la garde noble.

Ces idiots ont failli commettre l'irréparable. Même après un tel discours, le prince reste l'héritier légitime. S'ils l'avaient agressé, la foule se serait retournée contre eux.

Mieux vaut faire de ces jumeaux des alliés que des martyrs.

Après s'être recueilli quelques instants, Coriolan descendit du trône. Darius et Goliath l'encadraient. Il y eut un flottement alentour. Des murmures, quelques crachats. Le prince et ses officiers quittèrent la caverne au milieu d'une foule qui leur était devenue sourdement hostile.

CHAPITRE 17

Le régent prenait son bain à l'aube dans une mare d'eau croupie. Au sortir de l'eau, des domestiques l'embaumaient et le frictionnaient avec des onguents censés rendre son pelage aussi rêche que de la paille de fer. Ce système pileux faisait la fierté du bel Alcibiade. Il le portait comme une armure.

Relaxé, parfumé d'essences végétales, le régent partait alors se coucher, seul ou accompagné de ses favoris du jour. Le régent avait un faible pour le sexe fort.

Mais ce matin-là, Alcibiade bouda son plaisir. Il faisait les cent pas devant le tunnel qui menait à sa chambre. Un rat le suivait. Il avait une démarche féline. Ses muscles saillaient sous la fourrure cendrée. Une bête étrange, longiligne, puissante d'encolure. Mi-rat mi-belette. Il portait un bandeau pourpre en travers du museau. Le bandeau masquait un œil mort.

Alcibiade ne regardait jamais ce borgne en face. Il le savait dans son dos, fidèle, monstrueusement fidèle, attaché comme un esclave à ses pas, et il s'adressait à lui en faisant mine de l'ignorer.

Sargamatas, le chef de sa garde prétorienne, était un cyclope d'une insoutenable beauté. Le dernier survivant d'une race maudite, porteur de gènes hérités de l'aspic, de la fouine et du macaque. Un produit de la science ou plutôt d'un cerveau humain assez pervers pour faire d'un rat son propre prédateur. Sargamatas était un rongeur à l'instinct dénaturé. Un danger permanent pour ses semblables. Sauf pour son maître.

Alcibiade disposait d'un molosse qu'il ne lâcherait qu'à coup sûr. Pour tuer.

Il l'avait fait venir au seuil de sa tanière, en dehors des heures de service, car la situation menaçait de devenir incontrôlable. Le sérail bruissait de complots et d'intrigues depuis le discours du prince héritier. Alcibiade avait réussi à contenir la fureur des jumeaux dans la caverne du trône.

Maintenant, ils se répandaient partout en appelant à l'émeute, à la révision dynastique, et, bien sûr, se portaient candidats à la succession du bâtard. Un Empire bicéphale... Absurde. Sans compter que ces deux-là n'avaient pas plus de droits à faire valoir pour accéder au trône que leurs deux millions de frères. Il y aurait donc deux millions de rats moins deux à contester cette monarchie à deux têtes. L'Empire n'y survivrait pas. Or Alcibiade le voulait tout entier et pour lui seul.

— Ami (le régent n'accordait cette marque de faveur qu'au rat borgne), j'ai besoin de ta horde. Du travail l'attend.

— Monseigneur, quinze cents de mes meilleurs légionnaires ont été faits prisonniers par des humains.

— Je sais, ils les ont piégés dans une décharge puis emmenés vers une de leurs colonies pénitentiaires... Il faut les délivrer. Sans ces lascars, impossible d'agir.

— Il sera fait selon tes ordres, Monseigneur.

Alcibiade se retourna. L'hermaphrodite avait disparu. Le régent, soulagé, partit piquer une tête dans son bassin.

CHAPITRE 18

Le CM2 de l'école Sainte-Marthe comportait un élément perturbateur : Hyacinthe, un blondinet de neuf ans, plutôt timide au premier abord mais que son nouveau maître, M. Robin, tenait à l'œil. Un collègue de CM1 l'avait prévenu la veille :

— Avec celui-là, fais attention, il passe à l'acte.

Alors M. Robin avait pris ses précautions.

— Toi, tu restes à côté de moi et tu ne touches à rien, lui avait-il dit avant de franchir le portail d'entrée du Terrarium.

Hyacinthe n'avait peur de rien. Mais le reste de la classe, vingt-trois gamins âgés de huit à neuf ans, garçons et filles, avait peur des rats. Affreusement peur. Cinq de leurs camarades s'étaient fait excuser par des parents compréhensifs ou carrément effarés à l'idée que leur cher petit puisse tripoter les sales bêtes.

— D'ailleurs, avait dit une mère outragée à la directrice de l'école, dans *terrarium*, il y a « terreur »...

— Non madame, avait répliqué cette agrégée de lettres classiques, le terrarium est un parc aménagé pour l'observation des petits mammifères terrestres, d'où son nom, « terrarium », qui dérive du mot « terre ». Comme « aquarium » dérive du mot latin *aqua*.

La mère, qui ne parlait pas le latin, prit une mine dégoûtée.

— En tout cas, vous ne me ferez pas prendre un rat chez moi !

La directrice haussa les épaules. Les enfants ne couraient aucun danger : à l'intérieur du parc, une vitre séparait les rats des visiteurs. Et ses exploitants pratiquaient des tarifs de groupe tout à fait raisonnables.

Ils avaient obtenu la concession d'une ancienne carrière souterraine pour y aménager cette réserve en miniature. Deux milliers de rats logeaient dans des salles maintenues à une température de 12 °C. Il s'agissait de *ratti norvegici* appelés aussi rats gris, surmulots ou rats d'égout. Rien à voir avec le rat blanc de laboratoire, une espèce dégénérée. Le rat d'égout était un animal sauvage enfin visible dans son milieu naturel. On l'avait simplement capturé dans des décharges de la région parisienne avant de le désinfecter et de le vacciner.

Il fallait avoir le courage de vaincre ses préjugés. C'était l'avis de M. Robin qui avait eu l'idée de cette visite. Il avait soigneusement préparé le terrain auprès des élèves.

— Le rat gris est un cousin du castor, de la taupe, de l'écureuil... Il appartient à l'ordre des rongeurs qui se caractérise par sa dentition : quatre incisives, deux à la mâchoire supérieure, deux à la mâchoire inférieure.

Ça, c'était pour la photo d'identité.

Restait le casier judiciaire. Car le rat passait pour être un animal nuisible. Point de vue réfuté par M. Robin. L'instituteur se rangeait dans le camp des pacifistes. « Son » rat était utile. Il recyclait en partie nos déchets. Certes, le rat était parfois en concurrence avec l'homme. Ils avaient le même régime alimentaire. Mais de l'homme ou du rat, lequel avait commencé à lorgner dans l'assiette de l'autre ?

— Je vous le demande...

Les plus futés de la classe s'interrogèrent sur ce qu'on leur demandait. Les autres tendirent l'oreille. Le maître finissait toujours par répondre à ses propres questions.

— À la question : cet animal transporte-t-il des microbes dangereux pour la santé ? Je réponds : « Oui, mais »... Oui, ils transmettent des maladies... Mais, c'est quand même eux les premiers contaminés.

Il avait oublié d'ajouter que l'espèce se reproduisait des millions de fois plus vite que la nôtre. Mais la sexualité des rats n'était pas au programme du CM2. M. Robin en vint alors à l'essentiel : non, le rat ne mangeait pas les bébés. Non, il ne dormait pas dans nos pantoufles. Non, il n'était pas sale. Oui, on pouvait l'apprivoiser…

Pas de quoi grimper sur les chaises.

Mais les enfants, eux, préféraient se faire peur.

La visite débuta par une exposition de documents photographiques et de dessins en couleur. Dans les rangs, on était perplexe. L'endroit ressemblait davantage à un musée qu'à un zoo.

Hyacinthe profita d'un commentaire du maître pour se faufiler à l'écart du groupe, sortir un canif à manche d'émail de sa poche, lacérer proprement la reproduction d'une gravure ancienne sur un panneau en bois, avant de reprendre sa place. Pas vu, pas pris. Lui aussi appartenait à l'ordre des rongeurs.

— Maintenant, je demande le silence, lança M. Robin d'une voix grave, après s'être assuré de la présence d'Hyacinthe à ses côtés… Nous allons pénétrer sur le territoire d'une colonie et nos amis les surmulots ont une ouïe très sensible. Il ne faut pas les effrayer.

La classe appliqua aussitôt la consigne. Un climat d'angoisse s'installait. L'une des trois mères de famille qui aidaient l'instituteur à encadrer les élèves étendit d'instinct les bras comme si elle avait à protéger sa portée d'une meute de loups. Et M. Robin lui-même jeta un regard par terre en vérifiant ses bas de pantalon.

Un réflexe inconscient, aussi vieux que l'humanité. Le rat s'attaque aux parties génitales, c'est bien connu.

La première salle abritait une quinzaine de familles

nichées dans une anfractuosité cloisonnée par une vitre. Les parois de la roche avaient été palissées de branchages pour inciter les rats à y construire leurs terriers. On leur avait même fourni les matériaux : cartons, billes de polystyrène, brins de paille... Et la colonie s'était mise à l'ouvrage.

Les membres de la caste supérieure occupaient des terriers circulaires dont le plus vaste couvrait une superficie de sept mètres carrés. Un schéma explicatif indiquait la présence d'une quarantaine de couloirs, de quinze sorties dont quelques-unes bloquées par de la paille pour éviter les courants d'air, de treize caches de nourriture et de onze chambres. Pour une famille de douze individus.

— Y en a forcément deux qui couchent ensemble, chuchota une petite Elsa.

— Idiote, répliqua Gratien... Le douzième fait son tour de garde. Y en a toujours un pour surveiller qu'on pique pas la bouffe.

Le terrier circulaire était une maison de riche. Solide, pratique, édifiée dans les règles de l'art. Un rat est un vrai fil à plomb. Il se guide dans ses travaux de maçonnerie sur la sensation tactile des plans verticaux et horizontaux. Ce n'est pas le genre à prendre du recul pour admirer son œuvre. Il est pire que myope. Mais le résultat est là : ça tient debout. Et ça tient chaud.

Les pouilleux, eux, logeaient en vrac dans des terriers incommodes et strictement compartimentés. Les couloirs étaient en partie obstrués, faute d'entretien, et leurs niches à provisions transformées en poubelles.

Des taudis.

Le guide, un étudiant en biologie marine qui travaillait là pour se payer un stage de plongée, fit alors remarquer que leurs habitants avaient un aspect « chétif », se reproduisaient mal, et se montraient agressifs entre eux.

L'endroit avait ses parias. Mais le public enfantin s'intéressait davantage à de petites mécaniques bien huilées qui passaient leur temps à manger et à ronger qu'à des êtres souffrants.

Et il était déjà blasé, ce public.

C'était le principal souci des responsables du Terrarium : vendre des animaux à l'intelligence exceptionnelle mais courtauds, épais, au museau obtus, souvent mal peignés, d'une couleur indéfinissable, entre le brun et le gris, et dotés d'un appendice peu ragoûtant, cette queue rosâtre, dénudée, qui traînait par terre comme une serpillière.

Pas coopératifs avec ça. Une fois sur deux, les rats sommeillaient dans leurs terriers. Une fois sur trois, ils se faisaient les crocs sur une planche en bois. Une fois sur quatre, ils boulottaient leur « moulée ». Et une fois sur dix seulement, ils daignaient copuler en public, allaiter une portée ou se chamailler pour un nid. En six mois, on n'avait encore jamais vu l'un d'eux accomplir un exploit. Un véritable exploit comme de marcher sur un fil. Pourtant, on avait tendu des câbles exprès.

Et planté un poteau lisse.

Mais les rats aussi peuvent avoir le vertige. Leur queue semi-préhensile et leurs pattes à quatre et cinq doigts n'en font pas des singes. Enfin, pas plus que nous.

La seconde salle, éclairée comme une scène de théâtre, reproduisait une canalisation d'égout. Un décor grandeur nature avec ses câbles, sa tuyauterie, et sa maçonnerie en moellons recouverte de mousse verdâtre. Ce tunnel abritait cent soixante-dix rats dont cent femelles. Résultat : trente mâles avaient le choix entre le célibat ou la castagne.

Un scénario d'enfer.

Mais les acteurs avaient dû en lire un autre.

Pas de harem. Pas de macho dominant pour tambouriner des poings sur son poitrail et flanquer des roustes aux blancs-becs. Pas de jaloux. La communauté obéissait à un groupe hiérarchiquement supérieur, les « alpha » : une bande de gros lards solidaires entre eux et possesseurs des terriers les mieux approvisionnés. « Une oligarchie », laissa tomber le guide sans prendre la peine d'articuler.

Les visiteurs se firent répéter trois fois le mot : o-li-gar-chie.

— C'est la mafia, quoi ! avait dit Hyacinthe en palpant sa poche droite.

La poche contenait une fronde en caoutchouc et trois billes de plomb. Mais pour l'olimachin, il avait raison.

Et ça filait droit. Pas une tête pour dépasser. Sauf celles des parrains.

Cette microsociété se divisait en trois classes. La minorité du haut, les « alpha », opprimait la minorité d'en bas, les « oméga », et, au milieu, s'affairait une majorité silencieuse, les « bêta ». Des mules. Ces citoyens-là se fichaient complètement de ceux du dessous et s'arrangeaient pour ignorer ceux du dessus.

La petite communauté coulait des jours paisibles.

Chez les mômes, la capacité d'attention commençait à faiblir dangereusement.

— Pffff... Quand c'est qu'y se battent ? demanda Gratien qui était venu pour voir des tueurs, pas des bébêtes.

Heureusement, il y avait les chauffards. Le réseau routier de Ratopolis était à voie unique. Et le code de la route simplissime.

— Eh, t'as vu ?... La vache ! Z'avez vu, Maître ?

Des exclamations de joie et des rires s'étaient mis à résonner sous les voûtes de pierre.

Un « alpha » venait de croiser un « oméga » sur son chemin. L'oméga n'avait pas le choix. C'était reculer ou se faire marcher dessus. Il battit en retraite. Pas assez vite au gré de l'alpha qui l'envoya bouler sur le bas-côté.

La petite classe reprit courage. D'autant qu'on leur promettait du spectacle dans la dernière des trois salles. La plus grande.

On y avait creusé une piscine de trois mètres de long sur deux de large pour cinquante centimètres de profondeur. La fosse barrait toute la largeur d'une galerie. Les rats y pataugeaient. Bien obligés. Leur pitance, des tomates et des abats, les attendait sur l'autre rive.

Le guide indiqua le record : vingt-trois secondes en apnée. Celui-là ne nageait pas. Il marchait au fond.

Cet après-midi-là, les rats devaient être repus ou fatigués de battre des pieds. Pas un ne plongea dans l'eau.

Les gamins, le nez collé à la vitre, avaient attendu durant plusieurs minutes le rat scaphandrier. Plusieurs minutes à cet âge, c'est long. Ils n'y croyaient plus. On leur avait encore raconté des histoires.

C'est à ce moment-là qu'un rat énorme et borgne surgit derrière la vitre sur laquelle Hyacinthe avait collé le nez. Cette apparition effraya le garçon. Il sortit la fronde de sa poche, l'arma d'une bille de plomb, visa le monstre et tira...

Sous l'impact de la bille, le verre de sécurité,

d'une épaisseur de quatre millimètres, explosa en milliers de petits morceaux. Stupeur générale, cris, confusion... À cet instant, aucun membre du groupe ne réalisa ce qui venait d'arriver.

Les rats, si.

Malgré leur prudence atavique, une centaine d'entre eux se ruèrent dans la piscine. Ceux-là n'avaient pas faim mais soif de liberté. De l'autre côté, la cage s'était ouverte.

— Qui est blessé ? Qui est blessé ? cria M. Robin, oubliant dans la panique que ces bris de verre n'étaient pas coupants.

À ces mots, la petite Elsa fondit en larmes. Et Gratien courut se réfugier dans les bras d'une des mères accompagnatrices. Hyacinthe, lui, restait pétrifié. Ahuri par l'efficacité de son tir.

Soudain, le guide se précipita vers la vitre brisée. Des rats émergeaient déjà de l'eau, couraient vers cette brèche et s'y engouffraient pêle-mêle. Cette colonie était la plus nombreuse et la plus prolifique du parc. On y dénombrait plus d'un millier et demi d'individus. Des surmulots prélevés dans un collecteur d'égout parisien. Tous issus de la caste des « alpha ».

Des nageurs de combat.

Et d'autres, tombés d'on ne savait où... Un mois plus tôt, le vétérinaire du terrarium avait eu la surprise de repérer chez ces rats gris de nombreux spécimens hors norme. Des mâles au pelage tigré, bleu et gris, à l'agressivité croissante. Mais le vétérinaire n'en avait pas repéré la cause. Il ignorait que ces rats obéissaient à un dominant de taille imposante, un hermaphrodite nerveux et souple comme une belette qui s'était jusqu'alors tenu caché.

Ce rat avait un œil crevé. C'était Sargamatas,

âme damnée d'Alcibiade, qui s'était introduit dans le terrarium pour tenter d'en faire échapper ses tueurs. L'intervention malheureuse de Hyacinthe et de sa fronde venait de lui fournir une occasion inespérée.

Sargamatas fut le premier à s'extraire de l'amas de verre. Les autres le suivirent.

En quelques minutes, les visiteurs se retrouvèrent cernés par quinze cents rats détrempés et hargneux.

Les rongeurs profitaient à leur tour du spectacle.

Affolés, les enfants et les adultes s'étaient serrés les uns contre les autres au milieu de la salle. Le guide répétait sans cesse « qu'ils n'attaqueraient pas » si on ne les menaçait pas. Garder son calme. Ne pas bouger. Ne pas crier.

Il s'énervait quand même.

Son talkie-walkie n'avait plus de piles.

La peur qui transpirait des corps faisait le délice des rongeurs. Leurs museaux captaient ces odeurs d'adrénaline avec un frémissement obscène.

Brusquement, le rat borgne émit un son rauque.

Un appel à la curée.

Lui et sa horde se jetèrent dans les pieds des humains, grands et petits, pour les harponner aux chevilles. Le guide lâcha son talkie-walkie pour tenter de décramponner le monstre qui l'avait entaillé à l'os. M. Robin s'était mis à sautiller sur place comme si quelqu'un lui tirait dans les jambes. Les gamins hurlaient et l'une des accompagnatrices tourna de l'œil. Seul Hyacinthe conserva son sang-froid. Il avait sorti son canif et tranchait toutes les queues et les têtes qui lui passaient sous la main. Jusqu'à ce qu'une paire d'incisives lui arrache un pouce.

La tenaille se refermait sur les visiteurs quand

un vigile, alerté par les cris, fit irruption. Il se saisit d'un extincteur et le mit en action. Le jet de neige carbonique surprit tout le monde. Hommes et rats pataugèrent dans la mousse. Puis ce fut la débandade.

Blessés au cou, aux bras et aux jambes, cinq enfants gisaient dans leur sang. Le guide se débattait encore au milieu d'un essaim de rats enragés.

Ces fauves, les premiers à avoir donné l'assaut, ne lâchèrent prise qu'à l'arrivée de sauveteurs équipés de pioches et de barres à mine.

L'affaire connut des suites judiciaires. Le Terrarium fut fermé. Son directeur mis en examen. Et les rats qui n'avaient pu s'échapper furent abattus dans les enclos.

Des rongeurs évadés, seule une vingtaine furent repris. On les piqua avant de plonger les cadavres dans des bocaux contenant une solution de formol.

C'était les dissoudre lentement dans l'oubli.

Le rat borgne, lui, courait toujours. Il avait rameuté ses tueurs pour les ramener vers le sérail où les attendait Alcibiade…

CHAPITRE 19

Dès la tombée de la nuit, le hurlement des chacals déchirait le silence du désert. Adossé à un mur, l'homme guettait l'appel des charognards. Leur voisinage le distrayait de sa solitude. Il se sentait fourbu. Toute la journée à ouvrir des caisses et à ranger du matériel. Pour lui, le temps pressait. Avant cinq mois, il « les » aurait sur le dos.

On demanderait alors à cet ingénieur agronome un rapport exhaustif sur les cultures vivrières dans les oasis du Thar. Ainsi que des propositions pour en améliorer les rendements. Normal pour un expert. Anton Szara, citoyen belge, ingénieur agronome sous contrat avec l'I.A.E.D — International Agency for Economic Development —, était payé pour ça. Aller sur le terrain, interroger les paysans, évaluer la qualité des semis, étudier les méthodes d'irrigation... Un métier utile.

Qui n'était pas le sien.

Il n'y connaissait rien. *Curriculum vitae*, diplômes, passeport belge, tout était faux. Anton Szara avait emprunté à un mort son identité et son bagage professionnel. Et cela lui convenait. Anton Szara *alias* David Quasar n'était qu'un cadavre en sursis. Un fantôme revêtu d'une apparence humaine et habité par une idée fixe : se venger.

Les chacals avaient espacé leurs cris. Des rapaces nocturnes prirent le relais. David Quasar rentra dans la pièce principale où il dormait et mangeait à la lueur d'une lampe à pétrole. Le générateur à essence ne devait fournir d'électricité que pour le fonctionnement du laboratoire. Il lui fallait économiser l'énergie au maximum. Moins il aurait à se déplacer pour s'approvisionner en carburant, en eau et en nourriture, mieux ce serait.

Il avait monté son affaire comme une manipulation scientifique, avec un soin maniaque du détail. La réussite reposait sur un strict respect du calendrier prévu. Six mois plus tôt, un faussaire de Rotterdam lui avait fourni une identité sur mesure. David Quasar, ex-directeur de recherche de la Fondation pour les sciences de la vie et de l'environnement, avait refait surface aux États-Unis sous le nom d'Anton Szara. Muni d'un visa de séjour touristique.

Le généticien qui avait jadis œuvré dans l'ombre de Tadeuz Karoly et dont Christian Thévenet admirait la rigueur scientifique n'était plus qu'un paria de la science condamné à vivre comme un vulgaire malfrat, sous une fausse identité.

Quel avait été son crime ?

David Quasar avait trahi la confiance du Vieil Homme qui l'avait engagé comme directeur de recherche. Paravent derrière lequel le savant avait reçu mission de mener des travaux sur des armes chimiques d'un type nouveau. Tadeuz Karoly savait qu'il trouverait sans peine des clients intéressés par cet article officiellement interdit de vente par des conventions internationales. Mais David Quasar n'avait pas respecté le contrat. Il avait utilisé ses prototypes expérimentaux à des fins personnelles. Son intérêt à lui, c'était l'extermination des rongeurs nuisibles. Une guerre personnelle qu'il livrait dans son coin, à l'insu de son commanditaire.

Généticien de formation, David Quasar avait créé une lignée de rats transgéniques résistant à tous les toxiques et programmés pour massacrer les rats communs. L'apparition de Coriolan avait bouleversé ses plans. Il s'était affolé. Ses mutants, lâchés dans la nature, avaient provoqué la panique dans Paris et produit un carnage parmi les rats d'égout. Au moment de négocier avec le Vieil Homme, Jupiter, l'empereur des rats, l'avait informé des projets déments de David Quasar. Tadeuz Karoly s'était alors retourné contre son ancien chercheur pour le mettre hors d'état de nuire. Mais Quasar avait réussi à lui échapper.

Devenu Anton Szara, David Quasar avait traversé l'Atlantique pour rendre visite aux archives du Smithsonian Institute de Washington. Visite des plus fructueuses. Un employé du département de géologie y avait laissé sa peau. La police locale découvrit assez vite le mobile du crime : le vol d'un fragment de roche interstellaire.

David Quasar n'avait pas commis un meurtre pour enrichir une collection de minéraux mais pour mettre la dernière touche à son grand œuvre : la création d'une espèce mutante dotée de caractères génétiques d'origine extraterrestre. Pour obtenir des prédateurs résistant à tous les agents chimiques et aux très hautes températures, le généticien avait eu besoin de se procurer des fragments de météorites porteurs de bactéries fossiles. Fabuleux matériel génétique qui devait permettre à Quasar de mettre au point des tueurs de rats indestructibles. L'échantillon conservé au Smithsonian Institute de Washington lui était indispensable pour aboutir dans ses travaux.

David Quasar n'avait pas renoncé à sa guerre d'extermination. Mais, cette fois, il possédait le moyen de la gagner.

La mort de l'archiviste et le vol du morceau de météorite avaient d'emblée excité la curiosité du F.B.I. Le meurtrier avait bien sûr veillé à brouiller les pistes. Peu importait à David Quasar qu'on le soupçonne directement. Anton Szara, lui, n'avait rien à se reprocher, sauf à comparer les empreintes digitales. Ce qui adviendrait tôt ou tard. Quasar ne possédait qu'une courte avance sur les limiers du F.B.I., suffisante cependant pour espérer conclure sa mission.

À Toronto (Canada), sur les rives du lac Ontario, personne ne mit en doute ses états de service et ses compétences. Au siège de l'I.A.E.D., le directeur des programmes céréaliers pour la zone himalayenne ne croulait pas sous les candidatures. Organisme privé en délicatesse avec le fisc canadien, l'I.A.E.D. avait drastiquement réduit les honoraires qu'elle versait à ses consultants. Ça tombait bien : Anton Szara avait des prétentions raisonnables. Et son *curriculum* indiquait une bonne expérience des cultures irriguées dans l'Asie des moussons, au Bangladesh et sur l'île de Sumatra. Ultime bon point : Anton Szara souffrait d'un léger handicap. Sa langue avait été en partie mutilée dans un accident. Le directeur de l'I.A.E.D. considéra ce détail avec compassion. Il avait à faire à un homme blessé qui devait avoir à cœur de prouver sa valeur.

David Quasar n'avait pas choisi l'I.A.E.D. par hasard. Des fonds venaient d'être alloués à un projet agricole centré sur les oasis du désert de Thar. Il se présenta comme étant l'homme de la situation. Célibataire, disponible, pondéré dans ses motivations, il maniait parfaitement l'anglais. Les autorités indiennes donnèrent leur accord. La mission d'expertise et de conseil devait durer neuf mois. Il serait libre de se déplacer à sa guise dans l'État du Rajasthan, y compris dans des secteurs sensibles de la frontière indo-pakistanaise. Il devrait pourvoir à son hébergement mais disposerait d'un véhicule loué par l'I.A.E.D. Son salaire et une avance sur frais lui seraient versés sur un compte bancaire canadien. Il disposait d'une carte American Express lui permettant de retirer de l'argent sur place, à Jaipur, capitale de l'État du Rajasthan, et à Jodhpur, la plus grande agglomération à l'est du Thar. Enfin, il lui serait possible de recruter des assistants indigènes, notamment un guide et un interprète. David Quasar ignora cette clause.

Depuis son arrivée, il s'astreignait à rendre compte, par un courrier bimensuel, de l'avancée de ses travaux. La documentation dont il s'était chargé avant son départ commençait à s'épuiser mais il pourrait encore invoquer des chicanes administratives, voire une fièvre rebelle pour expliquer les retards.

C'était la seule faille du dispositif. Qu'à l'I.A.E.D., un employé zélé songe à vérifier le bien-fondé de ces rapports, qu'un fonctionnaire indien s'étonne de l'usage fait du sauf-conduit dont il bénéficiait ou, pis encore, qu'un membre d'une organisation internationale, présent dans la région, se montre exagérément curieux, et le subterfuge serait découvert. Mais Quasar croyait en l'incapacité des institutions internationales à contrôler l'utilisation de leur argent. Et, comme tous les possédés, il avait la baraka.

Il avait soigneusement choisi son point de chute. Il avait d'excellents motifs pour se trouver là où il était. Et il comptait bien exploiter cet avantage jusqu'au bout.

Un souffle d'air frais vint chasser la couche de sable qui s'était déposée dans la journée sur le seuil de la pièce qu'occupait Quasar. Cette poussière minérale, aussi fine que de la poudre de riz, s'introduisait partout, crissait sous les dents, se glissait dans les coutures des vêtements et du sac de couchage. Impossible d'ignorer sa présence. Le sable charrié par le vent du désert enveloppait les objets et les êtres jusque dans l'intimité des maisons pour mieux les étouffer. Implacable, aussi dévorant qu'un feu rampant, aussi irrésistible qu'une montée des eaux. Plus Quasar avait à lutter contre ce sable qui représentait un danger mortel pour le fonctionnement du laboratoire, plus il s'en irritait. C'était le seul obstacle qui fût de taille à le tenir en échec. Dérision du réel.

Il s'empara du balai et nettoya le sol puis referma doucement la porte. Une crampe le saisit à l'estomac. S'alimenter. Non, manger. Se faire un repas, un vrai repas. Il avait fait les deux tiers du travail. Il méritait un moment de répit. Le menu ne variait guère. Boulettes de viande accompagnées de riz, salade de fruits en boîte, lait caillé. Il fallait donner à cette table un air de fête.

Quasar ouvrit sa cantine en fer et en retira, enveloppée dans un vieux journal, une bouteille de « fendant », un chasselas qu'on cultive dans le Valais suisse. Un blanc qu'il aimait boire jadis. Il ne se faisait guère d'illusions sur l'état de conservation de ce vin qu'on déguste frais avec de la viande des Grisons. Le transport et la chaleur avaient dû passablement altérer ce vin des montagnes. Mais il voulait s'enivrer. Et peut-être oublier, une dernière fois.

De la note pétillante et un peu verte du « fendant », rien ne subsistait. Mais, par miracle, il ne s'était pas aigri. Il avait pris un curieux goût balsamique et râpait franchement. Quasar mangea à peine et finit par boire la bouteille au goulot. Affalé sur sa chaise, il voulut se lever mais ses jambes ne répondaient plus. Il tomba par terre et se traîna jusqu'à son matelas. Il en souleva un coin et sa main valide tâtonna par en dessous, cherchant une enveloppe qui s'y trouvait dissimulée. L'autre main, la droite, portait une prothèse articulée. S'étant saisi de l'enveloppe, il roula sur le côté et demeura de longues minutes abruti et soufflant. Puis il tenta de se redresser et ne réussit qu'à se tenir recroquevillé dans une encoignure. Les doigts tremblants, il ouvrit l'enveloppe, la retourna et de petits morceaux de papiers vinrent s'éparpiller sur le sol de terre battue. La flamme de la lampe à pétrole était insuffisante pour éclairer ce recoin de la pièce. Quasar se mit à ramper en poussant devant lui les fragments de papier. Cet exercice lui prit de longues minutes. Parvenu dans le champ de lumière, il s'agenouilla et entreprit de rassembler ces morceaux, un par un. Il se montra aussi maladroit qu'obstiné à collecter les pièces du puzzle et à les assembler de manière satisfaisante. À la fin, une image prit forme, un cliché photographique qu'on avait déchiré, lacéré, réduite en bouillie. Il y manquait un côté et les couleurs en étaient passées au point d'annuler quasiment les contrastes.

Quasar se pencha au-dessus de cette photo lézardée, tachetée par une aspersion de liquide acide. Puis, il l'entoura de ses deux mains, l'une maigre et nerveuse, l'autre réduite à un moignon gainé d'un manchon métallique, comme s'il cherchait encore à les protéger, elles, les deux petites, les jumelles, avec leur visage morcelé, leur sourire éteint. Près d'elles figurait un autre personnage à qui il manquait le haut du corps et qui avait été leur mère. C'était tout ce que David Quasar avait pu sauver d'une famille heureuse, de ses enfants, de sa femme… Le drame remontait à une dizaine d'années.

À l'époque, David Quasar exerçait ses talents à l'Agro Chemical Inc., une multinationale de l'industrie agro-alimentaire basée à Zurich. Le chercheur était parti en vacances en Turquie avec sa famille. À Sivas, sur les bords de la mer Noire, ils avaient loué une voiture pour se promener dans les montagnes du Taurus. Ils avaient roulé sans encombre sur de mauvaises routes avant de tomber en panne au pied d'un col, au milieu de nulle part... Autour d'eux, de la caillasse, des bosquets de mélèzes et des lambeaux de prairies à l'herbe grise. La route était peu fréquentée et la nuit tombait. Pas une habitation dans le secteur. Pour aller chercher du secours, il faudrait attendre le matin.

Les enfants, deux rouquines de six et neuf ans, Clarisse et Marisa, somnolaient sur la banquette arrière, emboîtées l'une dans l'autre. Leur mère faisait la tête. Il leur avait promis une petite excursion autour de Trébizonde, pas un bivouac en montagne. Ils avaient quelques provisions et de l'eau minérale. Son épouse voulait dormir dans la voiture, lui n'y tenait pas. Dans ces régions, le froid mordait tôt en saison et il n'avait jamais pu trouver le sommeil recroquevillé sur un siège.

Il aperçut en contrebas, sous le couvert des arbres, une baraque de planches recouverte d'une plaque de tôle ondulée, un de ces abris qui servaient aux bergers semi-nomades.

Marisa, l'aînée, se montra ravie du gîte, et Clarisse se mit à pleurnicher parce qu'elle avait faim et parce que sa sœur, radieuse, battait des mains. Sa mère prit la cadette dans ses bras pour la calmer. Lui, partit ramasser des branchages. La cahute était sale, les planches disjointes et, pour comble de misère, le bois, trop vert, prenait mal et les enfumait sans les réchauffer.

En milieu de soirée, excédé, David Quasar sortit se poster sur le bord de la route avec sa lampe électrique dans l'espoir qu'un véhicule finisse par passer. La mère n'était pas d'accord. Elle avait peur des loups... Il s'était moqué d'elle. Ils se trouvaient dans une montagne aussi paisible que le canton des Grisons (sa terre natale).

Vers une heure du matin, il aperçut des phares qui balayaient le fond de la vallée et se dirigeaient vers lui. Il avait quitté la cabane trois heures plus tôt. Il se campa au milieu de la chaussée, agita les bras...

Le conducteur de la fourgonnette s'arrêta et accepta de lui porter secours. Un quart d'heure plus tard, les deux hommes avaient rejoint la cabane nichée en lisière de forêt. Quasar appela sa femme dont il pensait qu'elle s'était barricadée derrière les planches. Pas de réponse. Il ouvrit la porte d'une poussée de l'épaule et, presque aussitôt, bondit en arrière avec un hurlement. Une nuée de rats, affolés par le bruit et l'éclat de la lampe-torche, s'échappèrent de la cabane en piaillant. Des centaines de rats qui cascadaient du toit, et lui passèrent sur les pieds avant de se fondre dans l'obscurité. Quasar fut mordu aux chevilles et à la nuque.

Fou de douleur et d'angoisse, il se rua à l'intérieur de la cabane et buta sur un petit corps allongé. Dehors, le Turc faisait la chasse aux fuyards. Quasar fouilla l'obscurité avec sa lampe. Le faisceau lumineux s'arrêta sur une forme étendue qu'il identifia aussitôt: Clarisse était jetée là, comme une poupée de chiffon. Juste à côté, sa sœur, couchée sur le ventre, bras et jambes écartés. Il s'approcha de Marisa dont la moitié du visage lui restait caché. Elle paraissait tranquille, les paupières closes. Sa main enveloppa ce doux profil et tourna lentement le visage vers lui. Tout le côté droit en avait été dévoré, de la racine des cheveux à la lèvre inférieure...

On retrouva la mère aux premières lueurs du jour, en état de choc, prostrée, sa tête accotée à une souche d'arbre, à quelques dizaines de mètres de la cabane. Les bras et les jambes profondément entaillés par des morsures de rongeurs. Elle ne s'en remit jamais. Entre deux cures de sommeil dans une clinique de Lausanne, elle réussit à échapper à la vigilance de son mari et à se défenestrer d'un sixième étage. Ses filles avaient été enterrées deux ans plus tôt.

Le père survécut, mais aucun membre de son entourage, parent, ami ou collègue de l'Agro Chemical Inc., à Bâle, ne revit David Quasar après les obsèques de sa femme. Depuis cette date, le chercheur vivait avec ses fantômes.

David Quasar considéra longuement la photographie puis sa main articulée en dispersa rageusement les morceaux. Il s'affaissa sur lui-même et finit par s'assoupir, assommé par le vin.

Tapis dans un coin d'ombre, derrière un amoncellement de linge, trois rats avaient enregistré la scène dans ses moindres détails. L'un deux s'approcha de l'ivrogne pour le renifler et fouiller les poches de sa veste puis, vérifications faites, s'en retourna auprès de ses compagnons.

Scorpion Rouge ne laissait rien au hasard.

— Que fait-on maintenant ? souffla à ses voisins le plus petit des trois rongeurs.

— Il est trop tôt pour émettre, dit le chef d'équipe, un maigre au crâne déplumé.

— Et si l'on mangeait un morceau ? dit celui qui venait de flairer l'ivrogne.

Le garde-manger contenait des barres vitaminées et une canette de soda à demi entamée traînait sous le lit. Ce n'était pas un festin, le liquide était tiède, les vitamines sans additifs sucrés, mais les espions du cabinet secret du Conseil de régence durent s'en contenter. À la guerre comme à la guerre. Il n'était d'ailleurs pas bon pour eux de laisser des témoignages trop visibles de leur fringale.

— Interdiction de toucher aux aliments frais! rappela le gradé. Et pas d'empreintes, les gars... On se sert et on essuie. Allez, qu'est-ce qu'on dit au chef?

Deux phéromones lui répondirent:

— Le chef est un chef, chef!

Ça n'allait pas loin mais ça resserrait les rangs.

CHAPITRE 20

La fine croûte de sable durci par la fraîcheur nocturne s'émiettait sous les sandales d'un homme vêtu d'une longue tunique blanche. L'homme avait escaladé la dune sans marquer d'essoufflement. Il portait sur le visage un masque facial à huit plis. Ce morceau d'étoffe le préservait d'inhaler involontairement des insectes ou des microbes. Dans la secte des Jinah, les « victorieux », toute forme d'atteinte à la vie était taboue, comme d'avaler un moucheron par inadvertance. Non-violents et végétaliens de stricte obédience, les Jinah avaient érigé en principe absolu le respect de tous les organismes vivants. L'homme appartenait à la branche des « vêtus de blanc » qui respectaient à la lettre les canons originels. Les « vêtus de ciel » se montraient moins scrupuleux dans leur ascèse.

L'homme portait dans les bras une corbeille tressée débordant de fleurs et de baies rouges. Il avançait d'un pas sûr. La nuit était claire. Devant lui, un vaste édifice coiffé de dômes immaculés. Au bout d'un quart d'heure de marche, l'homme atteignit l'entrée principale du sanctuaire. La façade à demi ruinée s'élevait au milieu du flot immobile des sables qui avait commencé d'engloutir sa base de grès. Au-dessus s'élevait une profusion de coupoles aux piliers sculptés de milliers de figurines, cavaliers, nymphes et musiciens.

Cette dentelle de pierre renfermait un joyau. Une cour rectangulaire pavée de marbre blanc qu'entourait un double portique à colonnades. Le décor était foisonnant mais comme endeuillé par des dizaines de statues au regard éteint. Dans ces orbites creuses avaient jadis scintillé des rubis et des diamants.

L'homme pénétra dans la cour, y déposa sa corbeille, et s'inclina en joignant les mains. Puis, après avoir épousseté le sol à l'aide d'un plumeau pour n'avoir pas la mort d'une fourmi sur la conscience, il s'assit dans la position du lotus et entra en méditation.

Tandis qu'il méditait, des ombres furtives surgirent entre les piliers de marbre. Un attroupement se forma bientôt sous l'un des portiques. L'homme se releva, s'inclina à nouveau, et sortit lentement de la cour. Dès que cet étrange pénitent enveloppé de son linceul eut franchi le portail d'entrée, une multitude de rats se précipita vers la corbeille fleurie de jasmin et de lys.

Le « vêtu de blanc » avait remis son offrande. Demain, un autre adepte viendrait à son tour sacrifier à ce rituel et, après-demain, encore un autre... Il en allait ainsi chaque nuit pour chacun des membres de la secte. Aux dévots de Jinah, le privilège d'entrer dans le sanctuaire des rats n'était accordé qu'une seule fois par cycle de vie.

Il n'y avait pas d'être plus précieux dans l'esprit

de ces hindous que l'« être-rat ». Selon les croyances des Jinah, l'âme des enfants victimes de la peste se réincarnait chez ce rongeur. Le rat contenait la pureté, l'innocence, la perfection du monde d'avant la chute.

Pour protéger l'animal sacré des rapaces, un filet aux mailles serrées avait jadis été tendu au-dessus de la cour. Il n'en subsistait qu'un lambeau arachnéen qui frissonnait sous la brise. Aucun prédateur aérien ou terrestre, aucun reptile, aucun mammifère carnassier, aucun charognard, ne s'aventurait plus, depuis des siècles, dans l'enceinte du temple. Sur le territoire du Divin Brahma, les lois implacables de l'évolution semblaient abolies. Un îlot de paix battu par les vagues minérales du désert.

Après s'être étourdis du parfum des roses, les rats se retirèrent dans leurs terriers. Un petit nombre d'entre eux nichaient en hauteur, dans les creux des bas-reliefs, dans les trous laissés par des pierres éboulées et dans les bras graciles des statues. Ces acrobates appartenaient à la confrérie des « guetteurs ». Sentinelles, astronomes, ermites, ils signalaient la venue des hommes de foi, suivaient la course des étoiles et priaient.

La grande majorité des rats sacrés préférait dormir sous terre. Profitant des dalles disjointes et des murs fissurés, ils avaient trouvé refuge dans les fondations du temple.

La colonie n'abritait qu'une centaine de milliers d'individus. Les dévots de Jinah contentaient leurs moindres caprices. Le lait, le jus d'ananas, et le miel coulaient en abondance dans leurs écuelles. Galettes de céréales, sorgho, orge, sésame, riz parfumé, racines d'acacia, huile d'arachide, rien ne manquait à leurs agapes. Bien qu'ils aient adopté le régime de leurs serviteurs. Pas d'aliments carnés.

Ils n'étaient ni gras ni fainéants, certains juste boudinés, d'autres juste contemplatifs. Inévitablement, la religion qui les chérissait avait influencé leurs habitudes. Il y avait là des rats confits en dévotion, des rats un peu fakirs, un peu gourous, parfois carrément escrocs, et même d'authentiques ascètes qui jeûnaient et enseignaient les huit voies de la sagesse et les vingt-sept degrés de la perfection à des disciples faméliques.

Tous obéissaient au Divin Brahma. Appelé aussi pontife, il exerçait des fonctions honorifiques. Il était élu par une assemblée de prêtres sur des critères purement anatomiques. Le pontife actuel avait été choisi à cause de la forme de ses oreilles, qu'il avait longues et diaphanes. À l'usage, le Divin s'était révélé sourd comme un pot.

Ce grand seigneur ne servait à rien mais personne, dans le temple, n'en avait conscience. Puisque tout leur tombait du ciel, les rats n'avaient jamais songé à l'utilité de leurs actes. Ce détachement les rendait supérieurs à presque tous les habitants de la planète, supérieurs en intelligence, en humour, en hédonisme, mais il les privait aussi de leur instinct de défense.

Ce n'étaient pas les 125 grammes du Divin Brahma, ses dents gâtées par le sucre, et son armée de bayadères et de souffleurs d'os, qui auraient fait peur à quiconque.

Pourtant, c'était un rat du Kerala, le maître de cérémonie du Divin Brahma de l'époque, qui avait inventé la poudre... Par hasard et pour son malheur. Il avait sauté avec son pétard et... le pontife avec. Depuis, les explosifs en général et la poudre noire en particulier étaient interdits d'usage sur le territoire. Pas de détonations et pas de feux de Bengale. Les magiciens s'étaient rabattus sur la poudre d'or qui tapissait le sol des chapelles annexes. Ils en faisaient du plomb. Ça amusait les petits.

Au début de leur séjour dans le temple, les rats, pour se distraire de l'ennui, avaient commencé à ronger le grès, le calcaire, et à attaquer les veines du marbre. L'édifice n'offrait alors rien de très remarquable. Un gigantesque bloc de pierre brute percé d'un tunnel et renfermant en son centre une cour rectangulaire. Ni portiques, ni kiosques, ni balcons, ni colonnes, ni statues, ni frises...

Il avait fallu plus d'un millénaire aux rats pour broder cette dentelle de pierre, sculpter les panneaux, décorer les chapiteaux, et célébrer dans la poussière d'un mirobolant chantier la sainteté des hommes qui leur avaient offert l'asile et les honoraient comme des divinités.

Avec le temps, la dévotion des hommes n'avait pas faibli mais les rats et leur pontife ne s'en étaient pas toujours montrés dignes. Le temple était mal entretenu et, malgré sa splendeur architecturale et le génie de ses hôtes, il abritait plus souvent le vice que la vertu.

Quand le Divin Brahma réunissait sa cour de poètes, de philosophes, de grammairiens et de théologiens, on y débattait savamment du mépris des biens terrestres en faisant ripaille et en lutinant d'espiègles courtisanes parfumées au bois de santal. Il arrivait que la joute intellectuelle dégénère en supplices infligés aux perdants. Le pontife faisait alors une entorse à la diététique sur le dos de ses contradicteurs. Son officier de bouche lui servait leur cadavre encore chaud.

Le pontife n'avait eu qu'un enfant, une fille. Sa fille unique, Omphale, à qui bien sûr il tenait comme à la prunelle de ses yeux. La petite n'avait encore jamais paru en société. Les jeunes vierges de sa caste logeaient dans un terrier mal aéré et sous bonne garde.

Du désert alentour, les rats sacrés ne captaient que les effluves épicés apportés par les vents de sable et le pur silence qui régnait là-bas, dans le ventre des dunes, au coucher du soleil. C'est alors qu'ils s'éveillaient et savouraient, dans un battement de paupières, l'immuable sérénité de leur existence.

Tout paraissait si calme cette nuit-là, si semblable au calme des nuits précédentes, que les guetteurs s'étaient assoupis. L'heure de l'offrande était passée. La corbeille était vide, le dévot avait quitté l'enceinte du temple, et tous les rats dormaient d'un sommeil d'enfant. Seul un ermite perché au sommet d'une coupole veillait encore mais il ne s'intéressait plus au monde sensible.

La silhouette qui venait de surgir entre les piliers de marbre appartenait à ce monde. Ce n'était pas un fantôme. Ce n'était pas non plus un pénitent. Il ne portait ni tunique ni masque, mais une saharienne dont les larges poches contenaient des cartouches de gaz paralysant.

Le visiteur n'avait pas l'intention de s'attarder dans les lieux, et surtout pas d'ameuter la population. Un pinceau de lumière balaya un court instant une enfilade de colonnes. L'homme avait repéré l'objectif. Il s'approcha du socle d'un pilier, l'aspergea de gaz, se saisit d'une dizaine de rats surpris dans leur sommeil. Après avoir enfourné leurs corps inanimés dans une sacoche, il sortit du temple et disparut derrière les dunes.

Il n'y eut personne pour donner l'alerte.

Pourtant, ce sacrilège avait eu des témoins. Mais ces témoins, au nombre de trois, n'étaient pas là pour crier au scandale. Seulement pour s'informer.

Scorpion Rouge obtint, cette nuit-là, de transmettre par le canal d'urgence. Il y avait du nouveau dans le secteur.

CHAPITRE 21

— Virez-moi cet abruti !

L'officier du chiffre ne plaisantait pas avec les consignes. Tout individu étranger au service et surpris dans la galerie d'accès devait être immédiatement refoulé. La salle des vents n'était pas un terrier ouvert aux visites.

Le brigadier chargé de la surveillance du site se mit à hocher la tête. Il était très embarrassé. C'était bien la première fois qu'il aurait à bomber le torse devant un maréchal d'Empire bardé de décorations et sous les ordres duquel il avait fait ses premières armes.

Mais son supérieur se montra inflexible. Aussi brillants que fussent ses états de service, le vétéran Goliath n'avait rien à faire dans les parages.

Goliath le savait parfaitement. Il s'était aventuré de quelques millimètres au-delà du périmètre de sécurité pour tester la nervosité des sentinelles. En temps normal, leur réaction aurait été moins rapide et moins brutale. Aussi Goliath n'insista-t-il pas et se plia-t-il de bonne grâce aux respectueuses injonctions du planton. Dans un tunnel adjacent l'attendait Darius.

— Ça sent bon, mon vieux, ça sent très bon… Ils sortent le grand jeu.

— Le prince avait donc raison, dit Darius.

— Sans doute, sans doute, marmonna Goliath. La jeunesse a parfois la main heureuse…

Chaque soir, l'agent qu'ils avaient soudoyé leur faisait passer les messages décodés par Gala. Des messages de plus en plus alarmants. Ainsi que l'avait redouté Coriolan, l'homme avait enlevé des rats.

Bientôt ce fut pire encore.

« Scorpion Rouge à Nid de Guêpes. Daté du troisième cycle de la cinquante et unième lune. Sur zone : rapts en série. Captifs mâles et femelles. Nombre indéterminé. Ravisseur : l'homme blanc. Mode d'action : raids nocturnes. Victimes : jeunes adultes. Lieu d'enfermement : caisses en bois percées de trous. Observation diurne : l'homme blanc commence à torturer les otages. De plus en plus nerveux. Surveillance visuelle limitée. A posé des pièges autour de son terrier. Danger : seuil maximal. Répétons : danger : seuil maximal… »

Le message comportait, en fin d'émission, une requête intéressant le service de tutelle administrative des agents en mission. Les membres de la deuxième section de Scorpion Rouge attendaient la relève. Pour eux, ça commençait à sentir le roussi et ils auraient bien aimé partir en congé.

— Pas question, fit répondre Alcibiade. Qu'ils tiennent leur poste coûte que coûte. On leur envoie du renfort.

Je sais maintenant à qui j'ai affaire. Comme le monde d'en haut est petit !… Cet homme blanc est pour moi une vieille connaissance. L'odeur de fer galvanisé qui émane de sa chair, sa face d'écorché, ses humeurs, sa sueur de haine, tout cela me revient en mémoire. Je n'oublie jamais mes ennemis. Je n'ai pas oublié ce diable puant à qui j'ai jadis arraché la langue. Mon plus beau trophée!

J'étais alors en mission de surveillance dans le monde d'en haut, à l'intérieur d'un laboratoire où les hommes ont coutume de torturer mes semblables. Tandis que j'inspectais le mobilier et le contenu des cuves, j'étais tombé sur une enveloppe en papier renfermant des images en couleur et un étui de cuir rigide. Les images montraient deux fillettes qu'une femme entourait de ses bras. Le papier avait un parfum agréable. Il me mit en appétit. Je le mouillai de ma salive, l'émiettai, et en ingurgitai les morceaux. Après quoi, je m'attaquai au cuir et réussis à creuser une brèche dans l'étui. Il contenait une caméra et des bobines de film. La pellicule fut en partie engloutie par mon estomac.

Repu, je partis digérer derrière un siphon d'évier. C'est alors que l'homme dont je viens de retrouver la trace dans le désert, entra dans la pièce. Je l'avais attendu depuis la veille. Il était déjà notre principal ennemi. Un fabricant de poisons impossibles à détecter. J'avais reçu mission de découvrir sa tanière et de le châtier.

L'homme se précipita vers l'endroit ou j'avais grignoté les images et les bobines de film comme si le feu venait d'y prendre. Il tenta avec frénésie de rassembler les miettes de mon festin... Avant de pousser un long cri d'humain et de se mettre à taper de ses pieds et de ses poings les murs du laboratoire.

Je me recroquevillai dans ma cache mais l'homme vint m'en déloger.

La chasse était lancée. J'entendis l'homme souffler derrière moi. Je me faufilai entre ses jambes, glissai entre ses doigts, et parvins à le mordre au passage. L'homme n'en pouvait plus de courir. Il tomba à genoux. Se mit à ramper. Je ne bougeai plus, fasciné par cette masse de chair humaine qui grognait à portée de mes griffes. Soudain, l'homme me cracha dessus. C'en était trop. Je bondis vers cette bouche qui m'avait offensé et j'y plantai mes crocs. L'homme donna une formidable ruade qui nous expédia dans les airs, moi et le morceau de langue que j'avais harponné. Je retombai sur mes pattes, étourdi mais indemne.

L'autre se roulait par terre, le poing enfoncé dans sa bouche sanguinolente.

Je filai par un trou, emportant dans ma gueule le magnifique trophée.

Quel nouveau poison l'homme à la langue coupée fabrique-t-il au milieu du désert ? Qui en seront les victimes ? Des rats, certainement, mais lesquels ?... Reviendra-t-il dans nos territoires ? J'en ai la conviction, je vais me retrouver à nouveau face à lui, et l'affronter... Une vague de plaisir m'envahit, de celles qui précèdent les catastrophes.

Et puis... J'aime les monstres.

CHAPITRE 22

Des papiers en règle, un ordre de mission, le préjugé favorable accordé par les autochtones à un expert international, une planque en or, du temps et une complète liberté de mouvements. N'importe quel truand en cavale aurait fait allumer un cierge au saint patron des voleurs pour le remercier de l'avoir fait aussi chanceux. Mais David Quasar n'était pas un truand en fuite. D'abord, il se jugeait honnête. Plus qu'honnête, d'une probité héroïque. Il était le justicier des siens. Et sa justice ignorait jusqu'aux lois naturelles. Ensuite, il n'était pas venu dans ce trou pour enterrer un magot et fumer des cigares. Il avait du travail par-dessus la tête.

Installer un laboratoire de biogénétique par 40 °C à l'ombre, même un labo de fortune, dans une bâtisse en briques sèches, isolée de tout, sans point d'eau, et sans aucune assistance, aurait tué n'importe qui. Sauf lui. Il se croyait déjà mort.

David Quasar évitait de se souvenir de l'époque où il n'avait même pas à batailler pour obtenir des crédits de recherche. Il était le chef du département de transgénose de la Fondation, une sommité scientifique, un mandarin du système. Il était le grand manitou, il avait tout et il pouvait tout. 2 000 mètres carrés d'animalerie, 5 000 rongeurs sélectionnés, 10 000 embryons issus de 150 lignées de rats et souris transgéniques conservés dans l'azote liquide, des enceintes étanches maintenues en surpression pour éviter toute contamination extérieure, des « salles blanches » pour l'injection de fragments d'A.D.N. dans les œufs fécondés, un environnement informatique de pointe, des contingents de chercheurs aux ordres, et mieux encore, l'appui de l'Honorable Commanditaire, Tadeuz Karoly. L'apprenti sorcier avait alors la bénédiction de Lucifer.

Terminé tout ça. David Quasar n'avait plus de bergerie où introduire ses loups. Plus de protecteur. Plus de contrat. Il s'était mis à son compte. Un franc-tireur parti livrer bataille, seul contre tous, au milieu d'un désert que les indigènes appelaient « Maru Wara », le pays de la mort.

Se faire livrer le matériel indispensable à ses travaux lui avait coûté une fortune pour éviter les contrôles douaniers et s'assurer d'un transport adéquat. Mais le plus dur avait été d'équiper les lieux. Il était bien en dessous des normes. L'énergie électrique dont il disposait aurait à peine suffi à faire tourner un dispensaire médical de brousse. Quant à la propreté, c'était devenu un souci permanent, une obsession. Ce maudit sable s'infiltrait partout, même en ayant fixé des cloisons de plastique étanches autour de la pièce de travail. Il passait chaque jour deux heures à nettoyer les instruments et les machines avant de commencer ses manipulations. Et il fallait encore nourrir les rats, les déplacer pour les mettre en milieu stérile, les remettre en cage, contrôler chaque étape du processus plutôt dix fois qu'une, sans compter les impondérables qui, dans ce contexte, tournaient aussitôt à la catastrophe. Il n'avait aucun droit à l'erreur.

Poussé par la nécessité, David Quasar avait développé dans l'urgence des techniques et des méthodes de travail qui lui auraient valu, en d'autres circonstances, une kyrielle de prix Nobel, mais il était trop tard, bien trop tard pour que ce savant y ait seulement songé. Il n'avait même plus l'orgueil de son travail. Les jeux étaient faits. Il ne pouvait plus changer de destin.

Il put capturer dans le temple deux cent cinquante rats des deux sexes. Après stimulation hormonale des femelles et fécondation des œufs, il procéda à l'aide d'une pipette à une micro-injection de fragments d'A.D.N. étrangers à l'espèce. Cette opération visait à ajouter au patrimoine de l'animal des gènes supplémentaires qui lui donneraient des caractères et des aptitudes nouvelles.

Ensuite, il réintroduisit ces œufs manipulés chez une rate porteuse. Un procédé qu'il avait mis au point lui permettait d'accélérer la gestation et d'obtenir en quarante-huit heures un raton. Pour s'assurer que ce nouveau-né était porteur des gènes étrangers, il prélevait alors un fragment de peau sur sa queue. Au bout de quinze jours, il obtint un taux de réussite satisfaisant : 70 % de « typages » concluants. Sevrés en moins de trois jours, les ratons transgéniques étaient à leur tour affectés à l'augmentation du cheptel.

Cette chaîne de production ne fabriquait pas des rongeurs dignes de ce nom, mais des missiles d'une catégorie inusitée. Des engins de nature organique, porteurs de munitions bactériologiques, et téléguidés par un instinct de mort phénoménal.

Les rats manipulés pesaient moins de cent grammes, disposaient d'une minuscule dentition, étaient incapables de s'adapter au milieu sauvage, mais ces nains sans cervelle possédaient de surprenantes aptitudes au combat.

Une fois constituée la première phalange, David Quasar passa aux tests d'endurance. Il en avait programmés de trois sortes. Le premier serait décisif.

Transpirant sous sa blouse, un masque protecteur sur le visage, David Quasar choisit un raton « typé » de cinq jours, le posa sur une plaque en fer, brancha une lampe à souder et, penché au-dessus du rongeur comme s'il avait à jointer un tuyau de plomberie, s'attaqua à l'animal. La flamme gicla sur celui-ci sans rien entamer des chairs, sans même brûler le pelage. Quasar insista. Les étincelles fusaient alentour mais le raton résistait mieux qu'une céramique. Le feu ne mordait pas sur cet organisme vivant.

À la fin de l'expérience, Quasar retira son masque

et sa main articulée vint griffer le dos du raton. Il tenait là son premier kamikaze.

CHAPITRE 23

— Grand Précieux, ça ne peut plus durer. Quinze de nos frères ont encore disparu cette nuit !

— Le démon est dans nos murs !

— Pourquoi n'a-t-on pas doublé la garde ?

— Il faut avertir les dévots, qu'ils nous protègent...

— Où dormir, Grand Précieux, si les esprits impurs nous visitent pendant notre sommeil ?

— Qu'avons-nous fait pour mériter ce malheur ?

Un brouhaha emplissait la salle des fervents creusée entre les piliers de soutènement de la chapelle principale. Chacun y allait de sa question. Le pontife était sur le gril. Tous mettaient leur espoir en lui. Il était le régulateur des flux moléculaires qui circulaient en tous sens parmi cette assemblée.

Le Divin Brahma eut un soupir. Jusqu'à lui, tous les pontifes élus avaient gouverné sans avoir de décisions à prendre. Pas d'impôts à lever — les dévots de Jinah pourvoyaient à tous les besoins de la communauté —, pas de guerre à déclarer, pas de querelles de succession... Un paradis. Et il fallait que ça tombe sur lui !

— Où est le problème ? demanda-t-il sans grand espoir.

Un concert de lamentations lui fit comprendre que l'affaire ne serait pas classée de sitôt. Dépité, le Divin se tourna vers un rat corpulent et néanmoins racé qui siégeait à sa gauche. Il venait de se souvenir qu'il avait, à portée d'odorat, une boîte à idées qui, d'ordinaire, servait plutôt de boîte à lettres.

Socrate, c'était le nom de ce rat, exerçait les fonctions de secrétaire particulier du pontife. Il transmettait ses pensées. Comme le Divin pensait moins qu'il ne sentait, il transmettait ses pulsions. Ce qui, la plupart du temps, revenait à lui organiser des rendez-vous galants ou à rameuter des convives pour les banquets sacerdotaux. Mais Socrate était secrètement persuadé de valoir mieux que ça. D'ailleurs, il avait été recruté avec le rang de premier conseiller. Le regard inquiet que lui adressa son maître le fit tressaillir de joie. Il tenait enfin sa chance...

— Qu'en dit notre secrétaire ? demanda le Divin comme s'il avait à consulter son cuisinier sur le menu du jour.

Socrate bondit en avant en s'efforçant de rentrer l'estomac et d'assombrir un regard qui, au naturel, pétillait de chaleur et de malice.

— Près de trois cents de nos frères ont disparu. Ils ont été enlevés. Leur ravisseur a profité de la nuit pour agir. Ce mécréant est habile à brouiller les pistes mais, pour ma part, je vois dans ce crime la main d'un homme plutôt que la corne d'un démon.

Bien qu'au service du pontife, Socrate abritait un esprit matérialiste, sceptique, indifférent à toutes les croyances religieuses. Pour ce philosophe, il y avait une cause à tout et il valait mieux la chercher dans l'examen rationnel des faits plutôt que dans des principes fumeux. Cet athéisme tranquille était peu répandu chez ses congénères. À des rats sacrés, il semblait naturel de se croire aimés des dieux.

L'assemblée se concerta un instant puis un prêtre de la Déesse aux Pieds Plats prit la parole :

— Admettons qu'il y ait une créature humaine assez vile pour commettre ce sacrilège, comment l'empêcher de nuire à nouveau ?

— Et qui nous rendra nos frères ? cria-t-on dans le fond de la salle... Vingt-huit des nôtres ont déjà disparu.

Devant la tournure prise par les débats, le Divin Brahma lança un signe discret à son secrétaire. À lui de monter au feu.

— Avec tout le respect dû à nos bienfaiteurs, dit Socrate, les dévots du temple ne nous seront d'aucun secours. Ils ont fait vœu de ne jamais user de violence même devant un ennemi mortel. Nous ne pouvons compter que sur nos propres forces...

Une onde de désarroi parcourut l'assistance. Aucun de ces rongeurs n'avait appris à lutter pour survivre. Ils n'étaient même pas conscients d'être porteurs d'une arme. Leurs dents n'avaient jamais fait couler le sang.

Un officiant de la chapelle de la Prospérité lança d'une voix de chat-huant :

— Et si l'on versait une rançon ?

— Bonne idée, lui répondit un moine de la chapelle du Taureau Céleste. Nos bienfaiteurs sont riches. Ils fourniront le tribut et on aura la paix.

— Vous n'y comprenez rien, se lamenta Socrate. Cet individu ne se paiera que sur nos cadavres. C'est un monstre.

— Moi, j'ai la solution, dit le préposé à la crémation des pontifes. Je vous invite à vous immoler tous ensemble sur mon bûcher. Le feu chasse les mauvais esprits.

— Merci bien, dit le Divin Brahma en sortant de sa prudente réserve. Je ne trouve pas que le suicide collectif soit une solution au problème. Et pour disperser mes cendres, vieux vautour, tu attendras encore.

Socrate, sourd à ces inepties, réfléchissait. Soudain, il se pencha vers le Divin et lui adressa un message olfactif. Il souhaitait se faire bien comprendre de son maître.

— Grand Précieux, il me vient une idée. Si les hommes ne peuvent rien pour les rats, c'est aux rats de s'entraider. N'avons-nous pas de puissants cousins à l'ouest du fleuve ?... Des guerriers ceux-là, des conquérants qui ont bâti un empire plus vaste que les sables du désert.

Le Divin Brahma émit une salve odorante qui ressemblait fort à une saute d'humeur. Il était indigné.

— Quoi !... Ces barbares ! Des pouilleux, des sauvages, des cannibales, des...

— Des terreurs, le coupa Socrate, et c'est ça dont nous avons besoin. De rats qui n'ont pas froid aux yeux.

— Jamais ! Leur empire est un foutoir sanglant. Nos aïeux ont bien fait de laisser à la porte du temple cette bande d'ignares. Ils ne se déplaceront pas pour rien, crois-moi... Ils sont aussi cupides que féroces. Ils feront de nous leurs esclaves.

— C'est là qu'intervient mon idée.

Les rats avaient commencé à s'attrouper autour du pontife et de son secrétaire. Ils tendaient le museau et l'oreille en quête d'informations. Socrate manœuvra pour se faire entendre de la foule et gagner son appui.

— Je ne vois qu'une monnaie d'échange, Grand Précieux : la virginité de votre fille... Non, ne m'égorgez pas... Omphale est votre trésor et le dilapider serait un crime, mais... L'offrir à un empereur qui serait notre allié?... Le pouvoir des femelles est immense. Elle le séduira, le convertira, en fera son vassal, et de cette union, tous profiteront. N'est-ce pas là une idée?... Personne ne rampe devant personne, et la Beauté épouse la Force.

Les rats, ameutés par la harangue, se mirent à pousser des cris enthousiastes. Le Divin, lui, se mordit la langue pour ne pas rugir. Il était ulcéré. Omphale, sa rose des sables, Omphale entre les pattes d'un rat de Norvège... Décidément, rien ne lui serait épargné. Comme il devait honorer son titre de pontife et accepter parfois d'être admirable dans sa sagesse, il lâcha:

— C'est demander à cette enfant de sacrifier sa vie. Je ne puis l'y forcer. Mais si elle y consent, je consentirai. Sinon, qu'on ne me parle plus de ce mariage.

Et, se frottant à Socrate, il murmura:

— Par pitié, ne me souffle plus jamais d'idées.

Quand le Divin fit connaître ses projets à Omphale, sa fille unique, elle lui sauta au cou. Ravie, transportée de bonheur. Omphale se voyait déjà dans la couche impériale, forcée par un horrible soudard, et cette vision l'enchantait. De l'air, enfin! De l'exotisme, des passions et, pour couronner l'aventure, un fiancé sanguinaire et bestial. La pucelle exultait.

Elle avait la taille un peu grasse, la robe ondoyante comme une moire de satin et des yeux d'une eau très pure, scintillants, pareils à ceux d'une princesse persane. Sa beauté répondait aux canons de sa race. Le Divin Brahma pouvait s'en montrer fier.

La merveilleuse enfant n'avait rien fait pour contrarier son père. Marché conclu.

Il restait à prévenir le fiancé. Socrate se porta volontaire. Entrer dans la carrière diplomatique avait toujours été son rêve. Polyglotte, charmeur, entreprenant, il estimait avoir le profil requis. Le pontife émit pourtant un doute :

— Et s'ils te ficellent et te croquent par les deux bouts, que feras-tu ?

— Ma viande étant grasse, je leur conseillerai de me cuire sous la cendre après m'avoir farci d'épices. Je n'en serai que plus juteux et parfumé.

Avant de partir, Socrate ajusta un collier à son cou. La parure contenait une fine lamelle d'étoffe, un pétale de rose et un cil. Le morceau de tissu portait la silhouette d'Omphale tracée au fusain, le pétale distillait son parfum et l'échantillon pileux indiquait la couleur de sa robe. C'était un portrait vivant de la jeune promise.

— Irrésistible, commenta le pontife.

Puis, s'adressant à son ambassadeur :

— Cher petit, tous nos vœux t'accompagnent. Reviens-nous vite.

Le « cher petit » regretta à cet instant de n'avoir aucun dieu à prier. De là où il allait, aucun rat de son espèce n'était jamais revenu.

CHAPITRE 24

Alcibiade plongea dans l'eau boueuse et se mit à nager contre le courant avec sa vigueur habituelle. Il accosta une centaine de mètres en amont d'un collecteur en ciment. Perchés sur un tuyau de fonte, trois gros rats faisaient le guet. À l'approche du régent, leur cou se gonfla et ils se mirent en posture d'attaque. Alcibiade lança le mot de passe puis se fit reconnaître des sentinelles.

— Conduisez-moi au camp, leur dit-il.

La horde commandée par Sargamatas avait pris ses quartiers dans le cimetière de Montrouge. Quand le régent pénétra sur leur territoire, les mercenaires étaient occupés à fourbir leurs armes. Ils meulaient leur ivoire sur des pierres tombales. Alcibiade, escorté par les trois mâles qui l'avaient pris en charge au sortir des égouts, s'introduisit dans le cantonnement des officiers. Les soldats, alignés contre le mur, saluèrent l'entrée du régent par un cri de guerre. L'œil bandé par du velours cramoisi, Sargamatas, leur chef, se porta au premier rang.

— Rompez ! ordonna-t-il à ses officiers.

Alcibiade se livra alors à un rapide examen olfactif des vingt-cinq rats qui constituaient l'encadrement de la horde. Presque tous échappés du bagne. Leur captivité dans le Terrarium avait renforcé chez eux l'esprit de corps et de combativité. Recrutés pour leurs qualités de nageurs, de grimpeurs et de tueurs silencieux, ils n'obéissaient qu'au borgne et ignoraient la hiérarchie militaire de l'Empire. Alcibiade avait fait de ces rongeurs sans foi ni loi sa garde prétorienne.

Le régent évitait toujours de croiser la face mutilée de Sargamatas. L'hermaphrodite, conscient de cette répugnance, s'arrangeait pour lui tourner le dos ou l'aborder de profil.

— Viens avec moi, dit Alcibiade au borgne.

Ils s'isolèrent à l'intérieur d'un caveau profané par les rats.

— Demain, en pleine nuit, toi et tes compagnies de sapeurs, vous passez à l'action. Tu te souviens du plan ?

— On remonte en ligne par le tunnel du métro, ensuite on passe dans la cave, on repère le compteur électrique, j'envoie une équipe miner le rez-de-chaussée, une autre s'attaque aux prises de courant et la troisième sectionne la conduite de gaz. Avant la première étincelle, on dégage et on se déploie à l'extérieur.

— Parfait. S'il y a du grabuge, tu fais donner les compagnies de réserve et tu lances un assaut général. Pas de quartier. Il faut en finir.

— N'importe comment, on leur crèvera la peau, Monseigneur.

Alcibiade émit un râle de satisfaction.

— J'y compte bien.

Je viens d'engager les hostilités. Le bâtard veut faire la révolution, tant pis pour lui, il aura la guerre. D'abord le couper de ses alliés, le Vieil Homme qui a pactisé avec Jupiter et a emporté sa dépouille, le jeune homme qui parle aux rats et se dit son ami ainsi que le domestique qui l'accompagne. Il faut isoler le bâtard, le rabattre comme un putois et le cueillir dans son terrier. Après, je le livre au borgne.

CHAPITRE 25

Gala, le médium impérial, fonctionnait encore, vaille que vaille, comme un vieux piano désaccordé, une casserole de bastringue. Il fallait avoir l'odorat exercé pour déchiffrer la bouillie qu'elle vous servait. L'espion de Darius et Goliath pataugeait un peu.

— Ça devient difficile, avoua-t-il un jour à Goliath. Elle perd la boule. Elle ne se cache même plus pour me faire ses confidences. Hier, j'ai failli me faire pincer.

— Conseille-lui de se ménager, il vaut mieux perdre un ou deux messages que de la perdre, elle... Tiens, prends ça.

Goliath remit à l'agent une dizaine de petites gélules.

— Ce sont des fortifiants. Tu les lui glisseras dans les pattes. Ça devrait l'aider à tenir le coup.

Les jours suivants, Gala se remit à cracher de l'information à une cadence infernale. Dopée aux amphétamines.

Les derniers rapports transmis à Coriolan avaient confirmé ses pires pressentiments. L'homme du désert travaillait à la perte des rats autant qu'à la sienne. Cette œuvre de destruction ne s'accomplissait pas n'importe où mais sur une terre sacrée. Coriolan souffrait d'en suivre les prémisses. Cet homme lui enfonçait un pieu dans le cœur. Mais, de cela, il ne pouvait s'ouvrir à personne dans le *monde d'en bas*... C'était un secret qu'il n'aurait pu partager qu'avec son père. Et Jupiter n'était plus de ce monde.

Coriolan décida d'avertir ses amis, Christian Thévenet et Étienne, du danger qu'il voyait poindre en Orient. Ils sauraient peut-être l'aider, le conseiller, agir... Mais les troubles qui agitaient le sérail depuis le discours tenu dans la caverne du trône l'obligeaient à la prudence. Qu'un des mouchards d'Alcibiade le surprenne en compagnie de ses amis du *monde d'en haut* et le régent tiendrait là un prétexte pour le mettre à mal.

Il dut attendre le moment propice. Trop longtemps.

Un soir, Goliath lui fit parvenir un message l'informant que la voie était libre. Des troubles avaient éclaté dans le harem à la suite d'un viol perpétré par un faux eunuque. La victime était la soixantième concubine du régent. Ce dernier avait tenu à se faire justice lui-même. De tous les terriers du sérail, on accourait déjà pour assister à l'exécution.

Coriolan disposait de quelques heures de répit. Mais convaincre Yasmina de rester seule dans la chambre impériale jusqu'à son retour lui prit encore de longues minutes. La rate aurait voulu le suivre.

Coriolan lui mordilla le ventre.

— Je vais voir des amis. Ce sont des hommes qui m'ont toujours témoigné du respect et de l'affection. L'un d'eux m'a recueilli, enfant. Il est le seul à qui je puisse parler en toute confiance. Je serai rentré avant que tu ne dormes...

Yasmina ne s'inquiétait pas de son absence mais de l'anxiété qu'elle devinait chez lui.

— Tu peux tout me dire...

Alors Coriolan parla de l'homme et de la menace qu'il représentait pour les rats.

— ... Il n'est pas le seul à vouloir notre perte,

mais lui a décidé de s'attaquer à ce que nous avons de plus précieux. Avant de mourir, mon père m'a révélé l'existence d'un sanctuaire qui se trouve au milieu des sables d'un vaste désert. Dans ce temple vivent des rats vénérés par un groupe d'hommes sages et pieux. Ces rats, d'après mon père, détiennent la clé de notre avenir. Sans eux, l'espoir de paix que j'incarne ne pourra jamais s'installer sur terre. Il faut absolument empêcher cet homme de s'attaquer au temple et à ses occupants... Hélas, il a déjà commencé à le faire !

Un quart d'heure plus tard, Coriolan courait sur les poutrelles du pont de Tolbiac. Il remonterait le canal de l'Ourcq à la nage.

Ce soir-là, dans le pavillon de la rue de la Bandera, Étienne aurait dû se trouver seul mais Christian Thévenet avait débarqué chez lui à l'improviste. Il y avait du nouveau. Le directeur scientifique de la Fondation avait reçu dans la matinée la visite d'un citoyen américain. L'homme appartenait aux services du F.B.I. Il ne disposait d'aucun mandat officiel pour opérer sur le territoire français. Leur entretien serait d'ordre privé. Ce visiteur avait des questions à poser à l'ancien collègue de David Quasar. L'agence fédérale américaine avait toutes les raisons de croire que le meurtrier de l'archiviste du Smithsonian Institute de Washington et David Quasar ne faisaient qu'un. Leurs fichiers avaient parlé. Ils en savaient long sur Quasar. Plus long que tous ceux qui croyaient le connaître en Europe. Même s'ils n'avaient pas encore fait le lien avec Anton Szara.

Christian Thévenet avait blêmi en apprenant les soupçons qui pesaient sur son ancien condisciple. David Quasar était donc capable de tuer de ses propres mains... L'agent du F.B.I. voulait connaître non seulement les fonctions exercées par Quasar au sein de la fondation mais aussi les travaux qu'il y menait.

— Sur ce dernier point, déclara Christian Thévenet, je ne vous serai pas d'un grand secours. Quasar travaillait sur la génétique mais je n'avais pas accès à son laboratoire et il échangeait peu d'informations avec les chercheurs qui n'appartenaient pas à sa discipline.

L'Américain n'en crut visiblement rien.

— Il n'y a pas si longtemps, vous faisiez équipe ensemble. Pourriez-vous m'en parler ?

Le visage de son interlocuteur se ferma. Longtemps, Christian Thévenet avait éprouvé de l'admiration pour David Quasar. Entre le jeune chercheur et son aîné s'était instaurée une amitié exigeante, presque ombrageuse. Tous deux s'étaient engagés avec la même passion dans l'aventure que représentait l'existence d'un rat aussi atypique que Coriolan. Mais Quasar, rationaliste intransigeant, avait refusé d'aller au-delà de ses principes. Il s'était cabré devant l'évidence. Coriolan, à ses yeux, restait un objet singulier, certes, mais un objet qu'on examine et qu'on manipule sans états d'âme. Alors que pour Christian, Coriolan était devenu une personne, un être unique, avec qui un dialogue était possible. Christian Thévenet avait toujours ignoré les activités de recherches clandestines de David Quasar. Il ne savait pas qu'il travaillait pour le compte du Vieil Homme sur des armes chimiques. Et Tadeuz Karoly ne s'était jamais expliqué par la suite avec Christian Thévenet sur ce point capital.

Pour le tout jeune directeur scientifique de la fondation qu'était Christian Thévenet aux yeux de l'inspecteur du F.B.I., l'énigme Quasar s'apparentait à une blessure intime, une déception mal cicatrisée. Aussi reprit-il à son compte, sans plus de précisions, la version officielle donnée par Tadeuz. Le directeur de recherche avait été licencié pour faute grave et, depuis lors, personne à la fondation n'avait cherché à savoir ce qu'il était devenu. Le policier se racla la gorge.

— Comprenez-moi, je suis venu vous voir à titre privé. Mes collègues français ouvriront prochainement une enquête sur les activités de la fondation... Ses activités officielles : on y mène — vous me démentirez si je me trompe — des programmes de recherche en pharmacologie, en génie génétique et en biologie... Mais aussi sur ses activités officieuses. Vous ne voyez vraiment pas de quoi il pourrait s'agir ?

L'Américain en savait sur ce point plus long que Thévenet. L'agence fédérale américaine soupçonnait Quasar d'être un spécialiste des toxiques chimiques, et d'avoir longtemps utilisé cette connaissance au profit du généreux mécène qui avait créé la Fondation pour les sciences de la vie et de l'environnement.

Thévenet, en toute bonne foi, ne trouva rien à répondre. L'Américain lui adressa un sourire ironique.

— Peut-être vous sera-t-il plus facile de collaborer avec des compatriotes ?

Le jeune chercheur accusa le coup. Il ne doutait pas de la volonté de ce flic d'aller jusqu'au bout. Sa situation risquait de devenir intenable.

Une fois seul, Christian se demanda si le départ précipité du Vieil Homme n'avait pas un rapport direct avec cette enquête. Et il en ressentit une terrible amertume.

— Pourquoi le Vieux ne nous a pas avertis ?... Quasar, un meurtrier, ça ne m'étonne pas. Je l'avais bien jaugé. Souviens-toi, il était prêt à coucher Coriolan sur la table de dissection. Il l'aurait tué si on n'était pas intervenus.

Christian n'avait pas oublié la scène, mais il songeait à cet instant au pan d'ombre qui recouvrait la vie privée de Quasar.

— Le flic qui est venu me voir avait une autre idée en tête que celle de retrouver l'assassin de l'archiviste du Smithsonian Institute. Quasar était un client des services secrets américains depuis belle lurette. À mon avis, Tadeuz l'a employé à des travaux pas très recommandables. Mais lesquels ?...

Étienne l'écoutait, assis dans un fauteuil en velours usé jusqu'à la trame, la tête penchée en avant. Il bourrait sa pipe. Le laborantin tira une allumette d'une boîte de ménage. Il la craqua au-dessus du foyer de la pipe. Christian Thévenet, qui était resté debout, lui empoigna le bras.

— Arrête !... Tu ne sens pas ?...

Une forte odeur de gaz s'était répandue dans la pièce. Étienne jeta l'allumette par terre en adressant à Christian un drôle de regard. Il avait l'air furieux. Puis ce fut l'explosion.

Il ne put s'approcher du brasier, même en suivant la canalisation souterraine. L'explosion avait endommagé les conduites et la cave était en feu. Au-dessus de lui, des hommes criaient et couraient dans tous les sens. Des lances à incendie venaient d'être mises en action.

Coriolan, la mort dans l'âme, dut battre en retraite et se risquer au-dehors, sur le pavé de la rue.

Ses yeux, placés au ras du sol, ne distinguaient

qu'un écheveau de tuyaux, des bottes, des pneus de camion... Un flot torrentiel qui dévalait la pente du caniveau manqua l'emporter.

Il se réfugia derrière un pylône, haletant. Jamais il n'avait assisté à un incendie. Son corps émettait des sécrétions aigres. Il sentit la panique le gagner. Il se maîtrisa, puisa dans ses entrailles des humeurs apaisantes et reprit conscience de son environnement.

Son bulbe olfactif tenta de capter un signe de vie en provenance du pavillon. Mais il ne put rien distinguer au milieu de cette fournaise et des vapeurs délétères qui s'en dégageaient.

L'incendie s'était propagé au premier étage puis à la charpente du pavillon. Les flammes commençaient à gagner la maison mitoyenne. Tous les habitants du quartier avaient été évacués par mesure de sécurité.

À l'aube, il n'y avait plus qu'une carcasse fumante et des milliers de débris projetés alentour, pour la plupart calcinés.

Coriolan aperçut des hommes en train de fouiller les gravats. Puis il les vit emporter sur des civières deux corps inanimés. Deux formes humaines méconnaissables.

Son cœur manqua se briser.

Il était arrivé trop tard. Il venait de perdre ses deux seuls véritables amis. Son unique moyen de communiquer et de négocier avec le *monde d'en haut,* celui des hommes.

À cet instant, le jeune rat fut tout près de céder au désespoir. C'est alors qu'un voile se déchira dans son esprit. Il se souvint de Tadeuz Karoly, le Vieil Homme. Lui, était encore en vie. Coriolan sentit que le destin venait de le jeter dans une voie qu'il n'avait pu que pressentir jusqu'alors. Il lui fallait à tout prix retrouver le Vieil Homme qui avait disparu avec la dépouille de son père. Mais où le chercher ?

CHAPITRE 26

Le jour s'était levé. Une lumière grise tombait de la bouche des caniveaux. Coriolan avait rejoint les égouts par précaution. Il approchait du quai de Bercy. Les rats du Grand Labyrinthe étaient en train de s'endormir. Le prince n'aurait pas à se mêler à la foule.

Il franchit la Seine, accosta à l'embouchure de l'ancien lit de la Bièvre, et sentit la présence d'un rat qui le précédait d'une centaine de mètres. Le rongeur avançait contre le vent. Il ne pouvait pas savoir qu'il était suivi.

Coriolan pressa le pas. Qui était cet inconnu ? Peut-être un vagabond, un insomniaque, ou l'un de ces agents du service des grains qui se déplaçaient à toute heure du jour et de la nuit pour s'assurer du bon approvisionnement des stocks. L'inconnu ne le précédait plus que d'une dizaine de mètres. Il en percevait déjà les contours.

Un court instant, il douta d'avoir affaire à un rat. Sa trace évoquait plutôt le félin ou la martre. Il s'approcha encore.

Coriolan n'avait jamais croisé le regard du borgne. Il ignorait qui était Sargamatas.

Il était parvenu à moins d'un mètre du rat quand celui-ci, brusquement, fit volte-face et se jeta sur lui, la gueule béante, toutes griffes dehors. Sargamatas combattait sans préliminaires.

Le poids de cet agresseur surprit Coriolan autant que la soudaineté de l'attaque. Il crut exploser sous le choc avant d'être projeté en l'air comme une balle de caoutchouc. Tout autre que lui aurait succombé sur-le-champ. Sargamatas gobait ses proies sans même les égorger. Mais Coriolan se mit en boule, roula sur le côté, reprit ses appuis d'un coup de reins et se rua sur la bête, la harponnant au cou de ses dents aiguës. Sargamatas se débattit furieusement mais Coriolan réussit à tenir bon. Un coup de queue le gifla aux tempes. Un autre lui déchira la peau du dos. Il ne lâchait toujours pas. Il chevauchait son adversaire et le garrottait maintenant avec ses pattes. L'autre se cabrait et bavait du sang en hurlant de rage et de douleur. Coriolan, épuisé, dut renoncer à l'étouffer mais continua de serrer. Sargamatas, immobilisé, demanda grâce. Coriolan cessa de mordre et lâcha prise.

— Qui es-tu ?

Sargamatas ne répondit pas. Il feignit des convulsions. Coriolan s'y laissa prendre. Alors qu'il s'écartait du gros rat, celui-ci bondit à nouveau sur lui, le percuta violemment, et prit la fuite. Coriolan, encore étourdi, n'eut pas la force de se lancer à sa poursuite.

Il avait failli mourir, seul, sans aucun secours. Cette fois, l'ombre mystérieuse qui lui avait sauvé la vie dans son combat contre les trois femelles rouges ne s'était pas manifestée...

Darius administrait les premiers soins au blessé. Il lui léchait les côtes et le front. Coriolan se laissait faire, affaibli mais conscient. Le portrait qu'il avait donné de son agresseur avait permis à Darius de lui révéler l'existence de Sargamatas.

— Toujours dans les coups tordus, celui-là... C'est le chef de la garde prétorienne du régent. Un assassin.

Coriolan reprenait peu à peu ses esprits.

— Que faisait-il sur mon chemin ?

Darius se frotta le crâne, songeur. Le prince ne lui avait rien dit de l'incendie dans lequel ses deux seuls alliés parmi les hommes avaient trouvé la mort.

— Il est temps de rentrer, mon prince. Votre figure risque d'attirer la curiosité. Prenez du repos. Je me charge d'enquêter sur le borgne.

•

CHAPITRE 27

Il ne l'avait jamais aimée si fort. Il la couvrait sans arrêt, mû par des pulsions qui mêlaient l'angoisse au plaisir. Yasmina finit par lui suggérer de se contrôler. C'est alors qu'il accepta de pleurer.

Si Jupiter avait fait du rire le sceau de sa puissance, Coriolan, lui, sut s'abandonner à des larmes qu'aucun rat n'avait jamais versées avant lui. Parce que des innocents allaient mourir. Parce que ces morts appelleraient la vengeance et d'autres morts en retour. Yasmina l'aimait, Darius et Goliath le servaient loyalement, mais les puissances tutélaires qui l'avaient mis au monde et qui l'avaient aidé à grandir semblaient l'avoir quitté pour toujours.

Comment parviendrait-il, à lui seul, à rétablir la paix entre les rats et les hommes ?

Yasmina, voyant pleurer son amant, fut saisie de stupeur. Elle-même avait souffert et connu le chagrin qui transperce la poitrine et laisse pantelant, mais elle n'avait jamais vu couler de larmes. Il la rassura. C'était un baume qu'il s'offrait à lui-même. Un liquide réparateur.

— T'ai-je froissé ? dit-elle en l'implorant.

— Non, jamais tu ne m'as fait de mal... Mais moi, m'aimeras-tu encore si je dois être séparé de toi ?

Yasmina demeura silencieuse. Coriolan reprit :

— Mon père m'attend quelque part, je le sens. Je sens qu'il va m'appeler ou que des événements imprévus vont me forcer à partir à sa rencontre... Et puis, je dois retrouver les traces de l'homme qui a pris soin de la dépouille de mon père. Il a reçu ses dernières confidences. Lui connaît la réponse à toutes les questions que je me pose depuis la mort de mes amis... Je sens que mon départ est proche.

Yasmina pleura à son tour.

Mais elle ne trouva pas que ce liquide fut un remède à la douleur. Il était amer et lui fit honte.

CHAPITRE 28

Une longue limousine noire aux vitres fumées l'attendait à Bombay, à la descente de l'avion. Tadeuz Karoly s'y engouffra en compagnie du coffret en bois précieux qui ne le quittait plus. Il congédia le chauffeur et prit la route, seul au volant.

Le coffre de la limousine, assez large et profond pour accueillir le vestiaire et les effets de toilette d'un maharadjah, ne contenait aucun bagage.

Le bar lui-même n'avait pas été approvisionné.

En revanche, les fax, télex et ordinateur branchés sur les canaux satellites fonctionnaient toujours. Le Vieil Homme ne répondait pas aux messages mais il en prenait lecture.

Il avait placé le coffret contenant le corps de Jupiter sur le siège avant. Il y jetait un coup d'œil de temps à autre ou le tapotait du plat de la main, moins pour s'assurer qu'il restait en place que pour manifester au rongeur endormi sa présence affectueuse et vigilante.

Les routes indiennes, encombrées de voitures, de motos, de side-cars, de cyclistes, de charrettes et de piétons, réclamaient une attention soutenue de la part du conducteur. Mais le Vieil Homme semblait ignorer les trajectoires approximatives des autres usagers. Il traçait majestueusement son chemin. La foule s'écartait devant lui, docile, et les animaux plus docilement encore.

Tadeuz Karoly roula sans encombre jusqu'à Agra puis Jaipur avant de s'enfoncer vers le désert de Thar.

C'est à Jaipur qu'il reçut le fax. L'appareil, encastré dans le dossier d'un siège, délivra l'information vers midi trente puis cessa de fonctionner.

Le message, repris d'un télex d'agence, annonçait la mort de Christian Thévenet, directeur scientifique de la Fondation pour les sciences de la vie et de l'environnement, et d'un de ses assistants, victimes d'un incendie qui s'était déclaré au domicile de ce dernier. Une enquête de police avait été ordonnée mais l'origine accidentelle du sinistre ne faisait guère de doutes. Suivait une brève nécrologie relatant la carrière du brillant chercheur qu'avait été Christian Thévenet. Âgé de trente-huit ans, il était marié et père d'un enfant de onze ans. Tadeuz Karoly apprit ce jour-là que Christian et Mireille Sigalas, divorcés depuis cinq ans, s'étaient récemment remariés.

Sur Étienne, le laborantin, la notice était beaucoup plus succincte. Elle signalait qu'il était âgé de soixante-cinq ans et veuf.

Le Vieil Homme, après avoir pris connaissance du fax, sentit une boule de chagrin et de rage lui monter à la gorge et l'étouffer.

Il rangea la voiture sur le bas-côté de la route. Il n'ouvrit pas la portière et resta de longues minutes prostré sur son siège, une main posée sur le coffret en bois, cherchant dans ce contact une manière de réconfort.

Puis il reprit la route, indifférent à la nuit qui approchait.

Trois heures plus tard, alors qu'il abordait la descente des monts Aravalli qui bornent le désert de Thar, un pneu de la limousine éclata et celle-ci, rendue soudain incontrôlable, quitta la route pour verser lentement au bas d'un petit talus.

Tadeuz Karoly en sortit indemne ainsi que sa précieuse relique. Le coffret n'avait pas souffert de l'accident. En revanche, son costume de flanelle s'était déchiré et l'un de ses mocassins avait disparu. Le Vieil Homme ne se donna pas la peine de chercher la chaussure manquante. Il décida d'abandonner la voiture et de continuer son chemin pieds nus.

Considérant une dernière fois le luxueux véhicule, un sourire de dérision s'inscrivit sur son visage. Une pensée profane lui traversa l'esprit : *trois tonnes de technologie et de vanité*...

Il ne songea pas un instant au froid de la nuit ni aux moyens de se procurer un gîte et un repas. Il n'avait plus à se poser de questions. Seulement à marcher vers l'ouest, avec le coffret sous le bras.

Du dormeur enfermé dans sa boîte ou du Vieil Homme harassé de fatigue, lequel des deux se mit alors à porter l'autre ?

Nul n'aurait su le dire.

CHAPITRE 29

La péniche avait accosté en amont de Paris, sur les berges de la Seine, à Conflans-Sainte-Honorine, son port d'attache. À son bord se trouvait un rat maigrelet, l'œil hagard. Visiblement éprouvé par le voyage.

Socrate souffrait du mal des transports, sur terre, sur mer et dans les airs. C'était devenu son lot quotidien depuis des semaines.

Pourtant, un mois plus tôt, il avait pris la route l'estomac bien rempli et le moral au zénith. Pour ce rongeur optimiste, avide d'explorer le monde, la diplomatie itinérante s'apparentait à un joyeux exercice de plein air, une promenade de santé qui lui ferait voir du pays, respirer des parfums exotiques et goûter à des aliments pittoresques. Il dut vite déchanter. Les camions sur les plates-formes desquels il effectua la première partie du trajet, jusqu'à Tachkent, en Asie Mineure, lui donnèrent la nausée, des migraines, et le chahutèrent si violemment qu'il s'en sortit avec deux côtes cassées et des hématomes sur tout le corps. Sans compter les rats d'un clan de contrebandiers venus le rançonner au passage... Socrate ne sauva sa peau qu'au prix de sa réserve d'abricots secs. Après quoi, ceinture. Il lui restait encore un peu de graisse mais elle fondit avec l'hiver sibérien qui l'attendait dans l'Oural. Il dut poireauter trois jours dans une gare routière de Tcheliabinsk, en Russie, faute de carburant pour les autocars. Ensuite, arrivé à Moscou, il se trompa de train et monta dans un wagon de marchandises à destination d'Odessa. Il croyait rouler vers Varsovie. Deux jours de perdus. Une fois sur la bonne voie, le malheureux s'aperçut qu'il avait mis les pieds dans un chenil abritant des chats persans que sa présence rendait fous furieux. Il dut sauter en marche... Et rallier le marché de Minsk, logé dans le baluchon d'une babouchka. Dans cette ville, il s'était décidé pour l'avion. Mais l'Iliouchine IL-86 d'Aeroflot à destination de Bruxelles fut dérouté à cause du brouillard vers l'aéroport de Bâle. Écœuré, Socrate avait fini le trajet dans la sacoche d'une moto puis sur le pont d'une péniche qui transportait du ciment. À ce stade, l'émissaire du Divin Brahma n'avait plus que la peau sur les os. Sa soif d'aventure s'était considérablement apaisée.

Malgré tout, il touchait au but. Et le collier qu'il portait au cou ne l'avait pas quitté. Il ne lui restait plus qu'à remettre le portrait de la belle Omphale à l'Empereur des rats, à obtenir son engagement formel et à se refaire une santé dans ses cuisines. Dans l'ordre. Ou l'inverse. « Me remplumer d'abord, négocier après... Mais avant tout, prendre contact. »

Il chercha la sortie d'un égout. Il s'était renseigné en chemin sur le Grand Labyrinthe, sa hiérarchie administrative, ses harems et ses habitudes culinaires. Pas assez sur sa géographie. Le Grand Labyrinthe ne s'étendait pas jusqu'à cette banlieue des Yvelines. Il tourna donc en rond dans les égouts et les carrières d'une petite principauté où nul ne parut s'intéresser à son cas. Les rats du confluent vaquaient à leurs occupations de rongeurs sans même le remarquer. Des boulotteurs de craie. Il les aborda poliment.

— Auriez-vous l'obligeance de m'indiquer le terrier de votre Empereur ? Je suis porteur d'un message adressé par mon maître, le Divin Brahma, à votre Bien-Aimé souverain. Un message de la plus haute importance.

Il avait appris sa leçon par cœur, en s'appliquant à bien placer les accents toniques. Ça ne servit à rien. On l'envoya paître d'un coup de museau. Nouvel essai, plus direct.

— Je suis un rat sacré vénéré par les dieux, et mon puissant maître sera furieux si je ne rencontre pas l'Empereur.

Un rat affecté au convoyage des mégots et des pelures d'oignons lui répondit qu'il y avait des mulots à rayures pour soigner les fous. Un autre, encore plus mal léché, le mordit à la queue.

Socrate gagna la rive du fleuve et là, sous un saule, s'accorda une heure de méditation. Il avait besoin de panser ses plaies et de se relaxer. Le Divin avait raison, leurs cousins d'Occident formaient un troupeau d'imbéciles hargneux.

À la fin, il lui apparut qu'il n'y avait que la police pour le conduire devant une autorité capable de l'écouter et de juger du sérieux de sa requête. Il fit donc ce qu'il fallait pour se faire embarquer. Il cracha sur un vieux rat qui ne lui avait rien demandé avant de lui tirer les moustaches. La conséquence de cet acte d'incivilité ne fut, hélas, pas ce qu'il espérait. Le vieux rat ameuta le voisinage et le clan tout entier rappliqua pour lyncher le voyou. Socrate dut déguerpir avant l'arrivée de la police. Sa conclusion fut que, dans cet empire, on réglait ses comptes en famille et pas devant des magistrats. Ça ne facilitait pas le contact.

« Il faut que je me rende utile à ces brutes. » C'était sa meilleure idée depuis celle du mariage d'Omphale.

On vit alors jaspiner dans les égouts de Conflans un rat squelettique qui se faisait fort de guérir tous les maux du *monde d'en bas* par un massage crânien et un étirement dorsal suivi de l'ingestion d'une potion végétale. « Un élixir de jeunesse. » C'était l'argument de vente. Clientèle visée : les ménagères harassées par les couches, les vieillards impuissants et les stressés de tous poils. La recette fonctionna. En quelques heures, Socrate, métamorphosé en médecin de tréteaux, obtint un début de réputation. Il malaxait, pétrissait et frottait à tout-va avant d'enfourner dans les museaux sa potion miracle. Une écorce de tilleul macérée dans de l'huile de noix. En moins d'une semaine, l'émissaire du Divin Brahma devint une célébrité locale. Ses massages et son remède avaient un indubitable effet placebo.

Comme tout ce qui avait un prix dans l'empire devait profiter aux puissances du sérail, le chaman de Conflans fut bientôt demandé par l'intendance de la Cinquième maison de la famille impériale. Et Socrate, ambassadeur extraordinaire du Divin Brahma, fut introduit par une porte de service dans les terriers aristocratiques du Grand Labyrinthe.

Le régent se demanda d'abord ce qu'il avait devant le nez. Un fœtus de putois ? Une souris gonflée aux hormones ? Un loir atteint de la tremblante du mouton ? Ou un rat, mais alors un rat complètement dégénéré ?

Socrate, que cet examen olfactif mettait à cran, essaya de composer avec la situation et de conserver une apparence de sérénité toute diplomatique.

Déjà, le fait d'apprendre que l'empire n'avait plus d'Empereur mais un prétendant au trône placé sous la tutelle d'un régent l'avait déconcerté. Mais que ce régent ressemblât à un tyran paranoïaque qui sentait la morue et le jaugeait lui, l'aimable et savant Socrate, comme un vulgaire pot à moutarde, c'était franchement désagréable.

— On dit que tu soignes les rhumatismes, l'épilepsie, la fluxion de poitrine et les caries dentaires…

La glace était rompue.

Socrate gonfla les joues et se jeta à l'eau.

— On le dit, Monseigneur, mais ce sont là de très petits mérites aux yeux de Celui qui m'envoie vers vous.

— Tiens donc ! se gaussa Alcibiade. Serais-tu un envoyé des enfers ?

— Sans vouloir me vanter, Votre Honneur, vous n'êtes pas loin de la vérité. Pour tout dire, je suis ici en qualité d'ambassadeur extraordinaire dépêché par mon maître, le Divin Brahma, auprès de l'Empereur… ou de son représentant sous terre.

Alcibiade faillit s'étrangler. Il avait bien perçu le message. Le Divin Brahma. Cette vermine. Ce chef de tribu contaminé par les hommes. Il avait devant lui un de ces renégats qui était la honte de la race.

— Je ne connais pas ton maître, rugit-il, et si

j'avais à le connaître, je lui sauterais à la gorge et je le viderais de son sang, là, comme ça... (et il fit mine de trancher une artère). Lui et les tiens, vous vous êtes vendus à l'ennemi. Vous êtes des parias, des larves, des...

Socrate mesura le long, très long chemin qui lui restait à parcourir, même parvenu au cœur de l'empire. Il voulait bien essayer de discuter avec un barbare mais pas tendre le cou à une bête féroce. Il arrondit ses gestes, contrôla ses glandes sudoripares, et pratiqua un court instant la respiration ventrale. Attitude positive.

— « Ne permets pas aux événements de la vie de t'enchaîner mais ne te soustrais jamais à eux. Ainsi, seulement, tu atteindras la libération. »

Le régent sursauta.

— Qu'est-ce que tu me chantes ?

— Huang-Po. Je cite un précepte de Huang-Po. Un sage que j'ai eu le loisir d'étudier durant mon premier cycle d'apprentissage de la Perfection Quotidienne.

Socrate sonda l'âme d'Alcibiade, il en aperçut toute la noirceur mais, dans sa candeur et sa générosité, il crut que le souffle de bonté et de compassion qui l'animait balaierait cette poussière d'orgueil. Le premier conseiller du Divin ignorait alors que la méchanceté d'Alcibiade ne résidait pas dans ses instincts naturels, mais dans sa volonté d'exister et de dominer, y compris de se dominer lui-même.

Le régent, quant à lui, sentit qu'il avait intérêt à laisser vivre quelque temps ce baratineur. Il piquait sa curiosité et il venait d'Orient, de cet Orient si riche de promesses d'après ses espions.

— Si ton maître t'envoie pour implorer le pardon du régent de l'empire et lui faire allégeance, alors je veux bien t'écouter.

— Mieux, bien mieux que ça, mille, cent mille, un million de fois, un nombre infini de fois mieux encore, Votre Majestueuse Seigneurie. Le Divin Brahma offre à cet empire le joyau de ses jours, la perle la plus pure de son pontificat, la seule flamme qui puisse illuminer son cœur... sa fille unique, sa chair sanctifiée, son nuage de félicité, Omphale dont voici l'exact et délicieux portrait.

D'un coup de dent, Socrate fit sauter l'agrafe qui retenait le collier et déposa celui-ci aux pieds du régent.

Alcibiade, intrigué, mordilla le collier, le brisa, en vida le contenu, renifla le cil et le pétale de rose, lécha le morceau d'étoffe qui représentait la silhouette de la pucelle, et considéra, perplexe, son vis-à-vis. Socrate, dans une posture empreinte d'humilité, attendait la réponse.

— Ainsi, dit Alcibiade, ce scélérat de pontife pousse l'outrecuidance jusqu'à vouloir caser sa fille auprès de l'Empereur ?

— Il en a formé le vœu devant tous les conseillers, les prêtres et les scribes du temple sacré.

La gueule d'Alcibiade se fendit d'un rictus.

— Quel est le marché ?... Allez, parle, combien pour cette femelle ?... Je te préviens, nos harems sont déjà bien fournis et le prince héritier est bien jeune pour apprécier les chairs sucrées.

— Il ne s'agit pas d'un marché, Votre Altesse (Socrate butait encore sur les grades et les titres en usage dans le sérail), mais d'un honneur pour nous. Comme vous me l'avez fait entendre, nos deux communautés ont gravement souffert d'une trop longue séparation. La méprise est réciproque... Me permettrez-vous d'insister sur le fait que nous ne servons pas les hommes ? Ce sont les hommes qui sont à notre service. Ils sont nos valets et nos dévots.

— Vraiment ? Vous auriez fait des hommes vos domestiques ?

Socrate n'eut aucun scrupule à déguiser la réalité et même à proférer de gros mensonges.

— Pas des domestiques mais des esclaves, Mon Révérend, des esclaves, de misérables instruments que nous plions à tous nos caprices. Vous les verriez ramper devant le dernier des officiants de la chapelle des Abstinents que vous n'oseriez pas y croire. Chez nous, le rat porte l'éléphant, terrasse le cobra, chevauche le buffle, distance le tigre dans sa course, et fait se coucher les hommes face contre terre. Et tout ça, sans même montrer les dents. Nous sommes les dieux !...

Ce n'est que bien plus tard qu'Alcibiade découvrit qu'Omphale serait vendue en échange d'un corps expéditionnaire fort « de cent mille mercenaires — au moins, sans compter l'appui logistique — et que l'entretien des troupes serait à la charge de l'Empereur bien que... ce fut un point sur lequel on pouvait encore négocier ». C'était bien le seul, et pour aboutir à une dépense qui incomberait au pontife pour moins du millième de la somme globale.

Le régent s'était fait gruger. Mais à ce moment-là, Socrate avait déjà obtenu l'immunité diplomatique.

CHAPITRE 30

— File, Darius, j'ai de la visite... Toi aussi, Yasmina, il pourrait y avoir du grabuge.

Le vétéran qui venait de remettre au prince le résultat de son enquête sur les agissements de Sargamatas disparut, tel un furet, dans un trou creusé derrière la couche impériale. Mais Yasmina rechignait à s'y engager. Coriolan la poussa doucement vers la sortie.

Un courant d'air glacial annonça l'approche des visiteurs.

Alcibiade s'engouffra dans la chambre, suivi d'une dizaine de gardes. Sargamatas était du nombre.

Coriolan désigna l'hermaphrodite en émettant une odeur hostile.

— Que vient-il faire ici ?

Sargamatas fit le dos rond. Il avait l'ordre de se taire. Le régent prit la parole.

— Pourquoi t'en prendre au chef de ma garde ? C'est un officier de valeur. Il a prêté serment devant les anneaux de bronze qui sont, comme tu le sais, l'emblème de la régence. Tu n'as rien à craindre de ce fidèle parmi mes fidèles. Il m'obéit comme un fils.

— Alors, Monseigneur, apprends-lui le chemin des casernes. Mes appartements ne sont pas faits pour qu'on les visite en armes.

— Il est là pour assurer ma protection.

— Pas la mienne, dit Coriolan. J'ai mes soldats pour ça et ils n'aimeraient pas voir ce rat borgne traîner à nouveau dans les parages.

Avant d'ajouter, perfide :

— Darius et Goliath seraient trop contents de finir ton ouvrage. Car je présume que c'est à toi que cet infirme doit le bandeau qui lui cache la moitié de la tête?...

Alcibiade grinça des dents. Derrière lui, Sargamatas recula d'un pas. La morsure du prince lui avait laissé un mauvais souvenir.

— Attendez-moi dehors, dit Alcibiade à son escorte.

Les glandes cutanées de Coriolan sécrétèrent des effluves salés. Pour lui, la coupe était pleine. Le régent s'empressa de la faire déborder.

— Mon prince est de mauvaise humeur? Ce serait fâcheux pour l'empire que d'avoir un souverain changeant comme une femelle.

Coriolan sentit tous ses os se mettre en ordre de bataille, ses muscles doubler de volume et sa gueule s'emplir de sucs digestifs. Une irrépressible envie de meurtre. Il régla son souffle et s'exprima sur un *tempo* très lent et très doux.

— Tu es vaniteux, Monseigneur, vorace, avide de pouvoir et de privilèges, intelligent, rusé, avec l'instinct qu'il faut pour survivre... Tu es aussi un lâche et un assassin... Non, ne tords pas le nez, bel Alcibiade, c'est ta conscience qui pue, pas la mienne... Tu as voulu me frapper dans le dos. L'autre nuit, si je n'avais pas mis ton complice en fuite, il m'aurait dévoré...

— Une affreuse méprise, mon prince, je t'assure. J'ai corrigé le coupable dès que j'ai appris la chose.

Coriolan murmura, suave.

— On est bien mal servi, n'est-ce pas? Mais cet accroc n'est rien. Je n'en dirais pas autant de l'attentat qui a coûté la vie aux meilleurs des hommes, à mes deux amis. Tu es infirme, Alcibiade. Il te manque le cœur. Tes victimes étaient nos alliés. Ils m'aimaient. Même toi, ils t'auraient aimé et respecté... Tu les as condamnés à être brûlés vifs. Ce n'était pas un accident. J'en ai la preuve. Tu voulais m'atteindre à travers eux. Mauvais calcul... La terreur n'agit pas sur mes nerfs. La terreur est l'arme des faibles.

De plus en plus suave.

— Mon père s'amusait avec toi comme avec un chien d'attaque qu'on tient en laisse et qu'on affame jusqu'à ce qu'il se morde au sang, mais moi, tu ne m'as jamais amusé. Tu as fait ton temps, Monseigneur... Oui, je sais, c'est dur de lâcher la rampe, mais je t'aiderai dans cette épreuve.

Il se tut un long moment puis reprit :

— Je serai ton bâton de vieillesse... Enfin, j'essaierai... Avant de te placer dans un mouroir, avec une pie pour te casser les oreilles et des mulots pour t'arracher les dents. Et tu crèveras comme un rat miteux, ramolli, mal lavé... C'est comme ça que tu finiras, Alcibiade, avec une tête de momie.

Il allait presser sa bouche sur la sienne quand Alcibiade, hypnotisé par ce discours, se ressaisit brusquement et fit un bond en arrière. Jamais personne ne l'avait paralysé à ce point. Pas même Jupiter.

— Face de poulpe ! Tu ne m'auras pas à ce jeu. C'est encore moi qui te nourris... Si tu veux me faire la peau, en garde, mon prince ! Sinon, bas les pattes.

Les deux rongeurs se dressèrent sur leur postérieur, prêts à s'empoigner et à rouler au sol dans une mortelle étreinte. Alcibiade n'était jamais meilleur qu'une fois l'adversaire sous pression. Il prit un court avantage dans cette phase d'intimidation.

— Maîtrise-toi, gamin. Toi et moi, c'est comme la mouche et l'asticot. On a les mêmes appétits mais pas la même approche. Tu voudrais y croquer tout seul et tout de suite. Moi, je préfère me donner du temps. Je m'introduis en douce, j'explore. Ça excite mes papilles. Mais à la fin, on se partagera le biscuit. C'est le biscuit qui compte, pas la façon de l'entamer. Et là, comme tu me vois, je ne suis pas venu te l'enlever de la gueule mais t'en offrir la meilleure part. La plus croustillante.

Alcibiade laissa échapper de ses pattes le contenu du collier que lui avait remis l'émissaire du Divin Brahma. Une odeur exquise monta aux narines du prince.

— Que dis-tu de ça, petit veinard ?

Il y eut un long silence. Coriolan tournait autour des fétiches avec un émoi indescriptible. Il y voyait un signe du destin davantage que des empreintes olfactives et tactiles.

Le régent ne voulait surtout pas rompre le charme. Il chuchota :

— Elle s'appelle Omphale. Elle t'attend.

Le prince sembla mordre l'appât.

Faux-semblant.

Coriolan n'était pas séduit par l'objet du troc, la fille du pontife, mais troublé par ce nouvel appel du destin. Le sanctuaire du désert agissait comme un pôle magnétique sur les événements de sa vie. Tout semblait converger vers ce point mystérieux de l'Orient. Les plus grands dangers comme les plus belles promesses. C'était donc là-bas qu'il devrait partir. Il pressentait déjà qu'il se rapprocherait alors du Vieil Homme, et, avec lui, de son père, Jupiter.

Coriolan aurait voulu se mettre en route aussitôt. Mais il devait composer avec le régent. Donner le change. Traîner les pieds.

— Pourquoi devrais-je m'intéresser à cette rate ? fit Coriolan. Elle sent bon, elle est belle, mais Yasmina la vaut largement.

— Que tu crois, mon prince, dit Alcibiade... Cette Omphale est une vraie déesse, la fille d'un pontife...

— De qui ?

— Le rat qui m'a remis le portrait te l'expliquera mieux que moi. Ce qui est sûr, c'est que les hommes se prosternent devant son père et ses cousins, même les cousins par alliance... Tu te rends compte, des humains à genoux devant la race !... Ils les ont à leurs pieds, courbettes, offrandes, et tout le saint-sacrement. Ce sont des dieux et ils te proposent d'entrer dans la famille. Alors, je t'en supplie, raisonne un peu...

Coriolan plissa les yeux. La situation devenait comique. Alcibiade en faiseur de mariage. Qui plaidait comme une chèvre bêlante, en se dévissant le cou.

— Ce sera un mariage d'État, un acte fondateur de ton règne... Raisonne, bon sang ! Tu couvres la pucelle, elle te fait des petits dieux, et on a gagné la guerre. Sans une goutte de sang, rien, pas même un début de bagarre, et tu n'aimes pas la bagarre, tu me l'as assez répété... Donc, je résume : tu épouses Omphale, tu l'engrosses, l'empire est sauvé et en plus, tu t'en es payé une tranche. Pas beau ?

— Et... la noce aurait lieu quand et où ?

— Là-bas, chez elle, c'est la coutume d'après le porteur du message. On fera la cérémonie dans leur temple. Il paraît que c'est grandiose et qu'on s'y baigne dans des fontaines de miel... Tout bien pesé, mon prince, il n'y a pas à hésiter. Pour moi, c'est « oui ».

— Eh bien, va l'épouser, Monseigneur, ça te fera une rente pour tes vieux jours et moi, j'aurai la paix.

— Tu m'as mal compris. Le père ne veut donner sa fille qu'à l'Empereur des rats, donc au prétendant au trône. Je n'ai pas hérité, moi. Tu es là à te plaindre, mais tu es né coiffé, mon prince. Omphale est pour toi et pour personne d'autre. Si tu refusais, tes sujets t'en feraient le reproche. Tu leur dois cette chance.

Coriolan retourna vers sa couche, s'empara d'un os de poulet et se mit à le ronger. Après un long moment de réflexion, il releva le museau.

— J'aviserai. Mais si tu veux que ce mariage ait lieu, il te faudra y mettre le prix.

— Ton prix sera le mien.

— Alors, commence par bannir Sargamatas du sérail. Qu'il aille se faire pendre ailleurs... Et disperse sa horde. Dorénavant, le régent sera gardé par des effectifs prélevés sur le contingent ordinaire. Et il sera renseigné par la police impériale, exclusivement. Enfin, le prince héritier aura un libre accès à la salle des vents et pourra y affecter l'un ou l'autre de ses officiers d'état-major.

— C'est tout ?

— Pour l'instant, oui. Le reste dépend de toi. Je n'ai pas encore donné ma réponse.

En quittant le terrier, Alcibiade se dit que le prince était l'adversaire le plus coriace et en même temps le plus naïf qu'il ait jamais rencontré.

CHAPITRE 31

Les époux Merlot, Roger-Guy et Lucienne Merlot, tous deux retraités de l'Éducation nationale et respectivement trésorier et présidente honoraire de l'Amicale des cruciverbistes du XIIIe arrondissement, étaient partis passer les fêtes de fin d'année à l'île Maurice. Ils avaient confié leur chat, prénommé Eu, et leur ficus à Madame Caroline, la gardienne de leur immeuble. « Vous pouvez partir tranquilles, leur avait dit Madame Caroline, ils seront là à votre retour. » Elle s'occupait aussi du ménage et faisait suivre le courrier. Un amour.

Ce matin-là en venant arroser les plantes, la gardienne eut la surprise de trouver le poste de télévision allumé sur la cinquième chaîne. Personne n'avait forcé la porte d'entrée. Intriguée par ce mystère, Madame Caroline décida de passer l'appartement au peigne fin. On n'avait pas touché au réfrigérateur, ni aux armoires, ni à la bibliothèque, ni aux disques.

Le lendemain, la gardienne retourna dans l'appartement. Rien n'avait bougé depuis la veille. Mais le surlendemain un désastre. La télé allumée, le tourne-disques en marche, une bouteille de Ketchup renversée sur le tapis, le téléphone décroché et les volumes 5 et 17 de l'Encyclopædia Universalis en charpie... Madame Caroline dut se résoudre à appeler la police.

Un mois plus tard, Madame Caroline fut convoquée au commissariat sur plainte des époux Merlot. Elle dut s'expliquer sur l'usage qu'elle avait fait de leur téléphone durant leur absence. La facture atteignait une somme astronomique. Malgré ses dénégations, la gardienne dut verser un dédommagement et quitter son emploi.

C'était une injustice. Le coupable était un rat qui ne mesurait pas trente centimètres et pesait moins de trois cents grammes? Ce qui ne l'avait pas empêché de zapper sur le câble, d'éplucher l'encyclopédie, de faire des tours de manège sur les disques en vinyle, de se tartiner le museau à la sauce tomate et de coller son oreille au téléphone durant une semaine.

Socrate adorait pianoter sur les touches téléphoniques. Il surfait sur des voix, et il captait les bruits du monde entier. À l'autre bout du fil, on devait croire à des appels anonymes. Un souffle, un couinement. Lui, il en aurait bavé. Des numéros, il en avait composé des milliers. On lui parlait dans toutes les langues. Il avait même essayé les messageries roses. Pour lui, c'était un labyrinthe sonore guère différent, au fond, du labyrinthe où les rats circulaient d'ordinaire. Sauf qu'il lui renvoyait l'écho d'une planète habitée uniquement par des larynx humains. Socrate aimait entendre parler le russe, le finnois, le portugais et le swahili. Ça le berçait ou ça lui procurait d'agréables frissons. Il détestait le turc et l'anglais. Ça ne se commande pas. C'est physique.

Il s'était amusé, mais pas seulement. Un ambassadeur doit s'informer sur le pays où il est en poste, et ce pays avait des téléviseurs et des téléphones en état de marche. C'était l'occasion ou jamais d'enrichir sa connaissance du monde moderne et de ses machines à plaisir. Bien sûr, les rats d'Occident, pauvres barbares, ne s'étaient jamais intéressés à ces systèmes de communication. Ils en étaient restés aux odeurs et à la transmission de pensée. Des outils primitifs.

— Où est-il encore passé ?

Depuis leur première entrevue, le régent n'arrivait plus à coincer l'émissaire du Divin Brahma. Socrate courait partout. Il était devenu la coqueluche du sérail, on se l'arrachait pour ses talents de causeur, ses dons de guérisseur, sa science culinaire, sa jovialité, ses rondeurs, sa gentillesse innée.

Même Coriolan avait été conquis par ce rongeur que la philosophie rendait gourmand et la bonne chère étincelant d'érudition. Avant lui, Coriolan n'avait jamais rencontré de rat heureux. Socrate exhalait le bonheur de vivre. Le jeune prince le reçut un soir dans le terrier impérial. Coriolan se sentit un peu gêné en sa présence. Il n'avait pas encore parlé d'Omphale à Yasmina. Celle-ci ne savait pas que cet étranger était venu lui voler son amant.

Socrate fit preuve d'une parfaite courtoisie. Diplomate jusqu'au bout des ongles. Entre le prince et le premier conseiller du Divin Brahma existaient de nombreuses affinités. Pour la première fois depuis son départ, Socrate prenait langue avec un être qu'il pouvait qualifier d'intelligent. Pas aussi raffiné que lui mais de même calibre. Un rat aimé des hommes.

Le Divin, son maître, était décidément plus futé qu'il n'en avait l'air. Il avait fait le bon choix.

— Qu'on l'assomme et qu'on le ficelle, je m'en moque mais qu'on me l'amène ici, j'ai deux mots à lui dire.

Le régent avait appris que Socrate s'était rendu

chez Coriolan sans lui en demander l'autorisation. Pour qui se prenait-il, ce métèque ?

Socrate se rendit à la convocation d'Alcibiade de son plein gré. Il ne songeait qu'à plaire à « Son Excellence ».

L'Excellence en question voulut bien l'admettre. Et s'inquiéta de connaître les sentiments du prince envers Omphale.

— Je l'ai trouvé dans de très bonnes dispositions, Votre Grâce. Bien sûr, il faut lui laisser le temps de la réflexion, les jeunes gens répugnent à s'engager dans un mariage officiel, ça se comprend, ils tâtonnent... Mais nous progressons.

— Je te le souhaite, dit Alcibiade, car si le prince renonçait à cette union, tu deviendrais indésirable parmi nous, l'Oriental. Et les indésirables, moi, je ne les chasse pas du sérail, je les fais écarteler et je les donne aux chiens.

— C'est tout naturel, Votre...

— Monseigneur, s'il te plaît.

Socrate considéra son ventre à nouveau bedonnant avec un soupçon de mélancolie, puis sa bouche se figea dans un sourire indicible, un sourire semblable à celui d'un bouddha. Il n'éprouvait aucune animosité envers les chiens. Même ce régent lui parut aimable.

Long moment de pause. Alcibiade se mit à gratter le sol. Il ne savait plus comment clore l'entretien. Socrate s'était changé en statue.

— Comment as-tu fait pour venir jusqu'ici sans l'aide d'un guide ?

Alcibiade s'était souvent posé la question. Ça lui semblait louche.

— Mais... le plus simplement du monde.

Socrate se vantait un peu.

— J'ai suivi l'itinéraire le moins encombré. J'avais

les cartes en tête et, de temps à autre, je consultais mon odorat pour anticiper sur le parcours. J'examinais l'état du trafic, les horaires de transport, la météo, que sais-je encore... Je suis un voyageur organisé. La ligne droite n'est pas forcément la plus courte.

Le cerveau d'Alcibiade commençait à s'affoler. Il eut peur de passer pour un imbécile.

— Bien sûr, dit-il, j'aurais dû y penser. Mais j'imaginais que vous autres, Orientaux... Sauf que nous sommes tous faits pareils, n'est-ce pas... Quand même, tu parlais de... cartes ?

— Oui, du tracé des mers, des fleuves, des lacs, du relief, des courbes de niveau, des fuseaux horaires, enfin, de la représentation à échelle réduite d'une portion ou de la totalité du globe terrestre. En couleurs, ça va de soi.

— Ça t'ennuierait de m'expliquer ça en détail, juste pour comparer avec nos... cartes. J'aimerais savoir si vous n'avez pas trop perdu le sens de l'orientation en étant restés si longtemps isolés.

Alcibiade prit alors sa première leçon de géographie. Lui, dont l'ambition n'avait pas de limites, ne connaissait pas la surface de la Terre. Ni qu'elle fut ronde, et qu'il y eut d'autres planètes pour tourner avec elle autour du soleil. Il ne savait pas non plus grand-chose de la géopolitique, même s'il prit soin de le dissimuler.

— Bon, rien de nouveau, dit-il en fin de démonstration. En revanche, j'aimerais t'interroger sur vos connaissances militaires. Je crains le pire...

Pas dupe, Socrate entreprit de dessiner dans le champ olfactif du régent un globe terrestre comportant des zones grises qui délimitaient les zones de friction ou de guerre ouverte entre les hommes et les rats, des zones rouges pour localiser les désastres infligés par l'homme à la nature, et des zones blanches, en très petit nombre et de très faible superficie, où régnait encore l'harmonie.

C'était un spectacle assez déprimant. Alcibiade, lui, jubilait. Il découvrait l'ampleur du mal. Il s'y contemplait comme devant un miroir. Le mal était partout. Le régent eut soudain la vision d'un monde conçu pour lui, de toute éternité. Ça ressemblait à un immense lit de paille sèche. Il suffisait d'une étincelle pour que tout s'embrase.

— C'est l'idée que j'en avais, dit-il à son professeur. Tout compte fait, vous n'avez pas trop gaspillé notre héritage. Même s'il y a ici ou là quelques oublis. Par exemple, tu ne m'as donné aucun plan du Grand Labyrinthe...

— Ce n'est qu'un survol, Monseigneur. Je n'ai pas voulu vous ennuyer avec des plans de coupe.

Socrate avait dit ça avec une imperceptible moue de dédain. Il était diplomate, pas ingénieur des mines.

CHAPITRE 32

Des lueurs phosphorescentes signalaient l'entrée de la chambre impériale. Coriolan avait offert à Yasmina tout un bric-à-brac, cadrans de montres, statuettes, bijoux de fantaisie, qui avaient la propriété d'émettre des ondes lumineuses dans l'obscurité. C'était le seul terrier du sérail éclairé par ces lucioles artificielles.

La silhouette de Yasmina se découpait par intermittence au milieu de ces breloques vertes et jaunes acidulées. La favorite du prince dansait en silence, portée par des senteurs de bois rouge et de fleurs fanées… Elle dansait pour son prince, pour le distraire de son chagrin et de ses tracas. Coriolan tournait autour d'elle, sans plus la couvrir, indécis, méconnaissable. Yasmina dansait et lui piétinait dans ses pensées. « Comment lui dire ? »

Chaque nuit, Coriolan s'isolait dans un coin de la chambre en compagnie de ses officiers. Yasmina ne cherchait pas à se mêler à eux. On ne l'aurait pas écartée mais la jeune rate ne goûtait pas les réunions d'état-major.

Il y avait eu aussi la visite de cet Oriental. Un curieux personnage, jovial et courtois. Il lui avait offert un bracelet en plastique orange pour compléter sa collection. Délicate attention. Coriolan avait oublié de l'en remercier. D'ailleurs il s'était comporté de façon bizarre avec ce visiteur. Trop solennel.

Quand ils se retrouvaient à nouveau seuls et que la fatigue ne les jetait pas dans les bras l'un de l'autre pour s'endormir, Yasmina dansait. Et son amant s'interrogeait sur le moment où il trouverait le courage de lui dire :

— Je vais me marier…

Ce moment arriva. Mais ce fut elle qui prononça les mots.

— Tu ne veux plus de moi… C'est ça ?

Coriolan sursauta.

— Jamais de la vie !

Et il enchaîna :

— C'est que je dois répondre à une demande en mariage… Ce n'est pas pareil, vois-tu ?

Yasmina n'avait jamais songé qu'un mariage fût possible ni même souhaitable avec son prince. Elle n'était pas rate à se mettre en ménage, encore moins à subir le protocole des épouses impériales. Pourtant, elle accusa le coup. Puis, sur un ton moqueur :

— Dis-moi... Dans votre dynastie, ce sont les femelles qui décident du choix du mari ?

Coriolan avait piqué du nez.

— Tu te fiches de moi !... C'est sérieux. Il s'agit d'un secret d'État. Tu te souviens de Socrate, l'émissaire du pontife, celui qui t'a offert le bracelet... Il ne t'est pas indifférent, celui-là ?

« Jaloux en plus ! », mais Yasmina préféra se taire. Coriolan sentit qu'il avait manqué de tact. Il se reprit.

— Je n'ai rien dit. C'est un gentil garçon, de grande qualité... Bref, c'est à lui que je dois donner ma réponse. Qui peut décider de la guerre ou de la paix.

— Explique-moi les raisons de ton choix, pas la politique. Elle te plaît ou pas ?

— Je n'en sais rien... Le régent m'a fait voir son portrait, c'est tout, et puis ce n'est pas la question.

— C'est la mienne.

— J'essaie d'y répondre !...

Il s'approcha d'elle et la pressa contre lui.

— Tu vis avec moi comme sur une île heureuse. Du monde, tu ne reçois qu'une brise lointaine et douce alors que la tempête fait rage autour de nous et que l'empire menace d'éclater... Je ne peux pas l'ignorer. J'ai perdu les amis qui m'ont vu grandir, Étienne et Christian, je ne sais plus rien de mon père, et le régent a juré ma perte. Il n'est pas le seul. Mes demi-frères ne voient en moi qu'un usurpateur. Ils ne me feront pas de cadeaux. Et, moi, sur qui puis-je compter ?... Darius et Goliath sont de fidèles compagnons, mais feront-ils le poids devant un soulèvement militaire ?... J'ai besoin de trouver des alliés.

— Je suis là et je suis ton alliée.

— Non, toi, tu es le reflet de mon âme. Si je te perds, je me perds aussi. Je parlais de renforts extérieurs... Le destin a voulu qu'Omphale, c'est le nom de cette rate, appartienne à un clan qui vit en paix avec les hommes. C'est inespéré... Mais ce n'est pas tout...

Yasmina se dégagea de l'étreinte du prince.

— ... Le père d'Omphale, le Divin Brahma, règne sur un sanctuaire que j'ai cent fois visité dans mes rêves. Je n'ai jamais vu ce temple et pourtant, j'ai l'impression de le connaître dans ses moindres recoins. Peut-être à cause de mon père... Son souvenir est là, bouleversant, chaque fois que ma pensée revient vers ce temple. Je dois me rendre là-bas.

— Alors, j'irai avec toi. Je veux conserver ton odeur.

Elle s'était exprimée par d'apaisantes senteurs de bruyères. Elle ne lui en voulait pas. Elle serait à ses côtés, toujours.

Plus tard, leurs corps se mêlèrent, ombres mouvantes que cernait le halo bleuté d'une vierge de Lourdes phosphorescente.

CHAPITRE 33

— Sage décision. Le mariage d'un prince fait toujours le bonheur du peuple.

Alcibiade se frotta le ventre en signe de contentement. Le régent avait encouragé cette union profitable à l'empire, il devait s'en réjouir. Sans en rajouter. Humblement. C'était un service qu'il venait de rendre à l'État. Pour le reste, profil bas. Alcibiade, depuis peu, s'était composé le rôle du père noble.

— En tant que futur témoin...

Là, tout de même, Coriolan se cabra.

— Ne te fâche pas, mon prince, c'est la loi. Ce n'est pas moi qui l'ai faite et ce n'est pas à moi de la défaire. Donc, en tant que témoin, je serai du voyage... Ce qui pose un problème que je dois te soumettre. En période de transition, si le régent est empêché de gouverner ou se trouve éloigné du sérail, c'est au troisième personnage de l'empire de prendre la relève.

— Je ne vois pas le problème, dit Coriolan, agacé par ce soudain intérêt du régent pour cette question. Tu continueras de tirer les ficelles.

— Ta-ta-ta... Je ne suis pas si puissant que tu crois. J'ai été nommé par une assemblée, je suis contrôlé par le Conseil de régence, je suis même critiqué par ta famille, et je dois en tenir compte. Nous avons une coutume qui m'oblige à passer le relais du pouvoir quand je me trouve plus de trois nuits en dehors du sérail. C'est ainsi... Que tu le veuilles ou non, ça pose un sacré problème.

— Abrège...

— En l'absence du régent, qui gouverne ?... Le Conseil des Trente.

— Connais pas.

— On va réparer ça très vite, mon prince, parce que les Trente ont aussi leur mot à dire sur ton mariage. Il faut les consulter pour obtenir leur accord. À mon avis, ils ne s'y opposeront pas... Non, le problème, c'est d'avoir à leur laisser les clés...

Au retour, tu peux être sûr qu'elles seront perdues et l'empire avec!... Pas qu'ils soient méchants ou corrompus ou même plus bêtes que d'autres, mais on ne peut rien leur confier. Surtout pas le pouvoir. Sauf le respect dû à ton père, quand Sa Majesté les a couchés en troisième position sur la liste protocolaire, j'ai cru qu'il plaisantait. Mais non. Il m'a dit: « Ce sera moi ou toi ou le chaos. » C'était flatteur pour moi, ça me rendait irremplaçable... Mais j'ai à me faire remplacer.

Alcibiade soupira. Il avait de terribles responsabilités sur les épaules. D'ailleurs, son dos s'était creusé sous le poids de la charge.

— Je te plains, Monseigneur! dit Coriolan.

Et il pouffa de rire.

Les caves médiévales de l'hôtel de Cluny abritaient le « Roi-de-rats » ou Conseil des Trente. C'était la chambre haute de l'empire. Un club très fermé dont les membres, nommés à vie, se trouvaient unis depuis toujours par un étrange accident de la nature. Leurs queues s'étaient emmêlées comme la laine d'une pelote jusqu'à former un nœud central inextricable. Trente rats attachés les uns aux autres par un bout de leur personne et bien obligés de vivre ensemble. À première vue, un cercle infernal.

Cette assemblée siégeait en permanence. Rarement pour débattre de l'intérêt général, plutôt pour ripailler, brailler, copuler, et roupiller de conserve. Pourtant, ces trente inséparables, nourris, servis et logés gratis, étaient les parasites les plus estimés de l'empire.

Parce qu'ils portaient bonheur.

Ce délirant cénacle n'intervenait jamais dans les affaires de l'État. Il était trop occupé à débrouiller les siennes. Et quand il accordait une audience, on pouvait s'attendre à tout.

— C'est bien compris ? Vous me suivez à trois pas, dit Alcibiade, vous saluez la présidente de la tête, et surtout vous gardez le silence. Pas un mot. C'est moi qui parlerai.

Le prince héritier, flanqué de l'ambassadeur extraordinaire du Divin Brahma, écouta sagement les consignes.

— Et si je leur racontais la légende de l'éléphant qui tousse ? implora Socrate qui voulait charmer la chambre haute et ses augustes sénateurs. Elle plaît à tout le monde...

— Par pitié, non ! dit Alcibiade, pressé d'en finir avec cette corvée. Dès qu'on leur raconte une histoire, ils s'endorment.

Quand la délégation conduite par le régent pénétra dans la cave où siégeait le Conseil, les Trente ronflaient en chœur. Un petit somme digestif.

— Qu'est-ce qu'on fait ? glissa Coriolan à l'oreille du régent.

Alcibiade tapota le sol de sa queue. Pas de réactions. Le ronflement couvrait les bruits alentour.

— Tant pis, lança le régent, on fonce dans le tas.

Et il vint buter sur le doyen d'âge, Godot, le greffier, le seul rhumatisant des Trente et le plus irascible. Pour une gaffe, c'en était une. Godot se réveilla en hurlant : « À l'assassin ! À l'assassin ! »...

Alcibiade eut le réflexe de lâcher aussitôt une salve d'odeurs amicales et de bondir au milieu du cercle. Sans quoi les trois visiteurs auraient fini découpés en rondelles avant même de comprendre ce qui leur arrivait.

Le Roi-de-rats avait la gâchette facile. Il se défendait mieux que le plus efficace des systèmes immunitaires. Tout corps étranger au sien et plongé dans sa nasse s'exposait à partir en morceaux. C'était aussi implacable qu'une loi physique. En cas d'attaque, les trente rats formaient la toupie puis, toutes dents dehors, concassaient, tranchaient, broyaient et expulsaient l'intrus sans plus de cérémonie. Aux appariteurs de balayer les miettes.

Alcibiade se frictionna les tempes. À un poil près, ils y passaient tous. Il se retourna vers Coriolan qui n'avait pas frémi. Impavide. Quant à Socrate, resté légèrement en retrait, il scrutait cette assemblée à la loupe. Le phénomène le captivait. Ça tenait de la plante carnivore et du mouton à cent pattes. Une véritable curiosité scientifique. Il ne put se retenir plus longtemps.

— Hum... J'aurais juste une question à leur poser, souffla-t-il à Coriolan qui le précédait d'un ou deux centimètres. Comment est-ce arrivé ?...

— Chuuut ! fit Coriolan.

Oti, la présidente du Conseil venait de soulever une paupière. Toujours la dernière à se réveiller. La dernière aussi à se faire entendre lors des débats. On l'avait élue pour ça. Pour sa timidité. À cet instant, la séance battait déjà son plein. Un chahut indescriptible.

— J'exige du régent des excuses officielles ! O-ffi-cielles...

Godot nota mentalement ce qu'il venait de dire. Il avait à consigner toutes les interventions, y compris les siennes.

Alcibiade, contrairement à ses habitudes, s'exécuta sur-le-champ. Il n'était pas venu pour s'engueuler avec le doyen d'âge.

— Mille pardons...

Le greffier consigna les excuses de la régence en se massant les reins.

« Faux-jeton ! » pensa Coriolan.

— Pourriez-vous m'accorder cinq secondes d'attention ? demanda Alcibiade.

Un bâillement unanime lui répondit. Trois secondes, pas plus.

Une pour l'annonce du mariage, une pour la délégation de pouvoir, et la dernière pour remercier les conseillers de leur patience.

— Et celui-là, pourquoi il me tâte le pouls ? demanda le vingtième conseiller que Socrate auscultait en douce, certain d'avoir affaire à des sujets pourvus d'un organisme exceptionnel.

— 27... 28... 29... Félicitations ! dit Socrate. Vous êtes parti pour mourir aussi vieux qu'un cheval !

Alcibiade sentit venir la catastrophe. Il piqua droit vers l'ambassadeur, aussi droit que le lui permettait l'entrelacs de queues qui s'agitait sous ses pattes, et tenta de le pousser en dehors du cercle.

Trop tard.

— Et moi ? Venez voir ! J'ai comme des palpitations...

— Non, moi d'abord !

— Toi, si tu insistes, c'est pas vieux que tu vas finir, c'est cul-de-jatte !

Même Oti se fit violence pour donner de la voix.

— La présidente y a droit la première ! C'est le règlement...

— Tu sais ce que j'en fais de ton règlement, hurla le neuvième conseiller...

— Tu parles à une dame, malotru ! s'écria Godot... Et d'abord, le plus malade ici, c'est moi...

Tous plus hypocondriaques les uns que les autres. Socrate avait réveillé un volcan. Coriolan, ravi du spectacle, s'amusait comme un fou.

— Si vous continuez, je fais promulguer un décret de dissolution, s'égosilla Alcibiade.

— Des clous ! lui répondit le dixième conseiller, le juriste de la vénérable assemblée. T'as juste le droit de la fermer quand on l'ouvre.

Pendant ce temps-là, Socrate avait quitté son patient pour se ruer vers la présidente et lui prodiguer un langoureux bouche-à-bouche. Oti venait de se trouver mal. Elle avait des vapeurs chaque fois qu'elle avait à prononcer en séance un rappel à l'ordre. L'incident sonna la fin de la récréation.

C'est le moment que choisit Coriolan pour prendre la parole. Et son intervention, étrangement, se déroula dans un silence inhabituel.

— D'après le régent, mon père, le Bien-Aimé, avait beaucoup d'estime et d'affection pour les Trente. Je partage ces sentiments. Comme vous le savez, je suis appelé à régner, mais vous aurez toujours votre place dans nos institutions, une place de choix, celle du cœur. L'ambassadeur qui m'accompagne, le savant Socrate, ne s'y est pas trompé. Vous éclatez de santé, les amis !

Et Coriolan s'inclina devant le Conseil.

Formidable ovation. Godot, débordé, ne savait plus s'il devait enregistrer tous les vivats ou se contenter d'un : « Applaudissements sur tous les bancs », qui était la formule consacrée. Le greffier opta pour les vivats avant d'en pousser un à son tour. Ce qui déclencha chez lui une violente quinte de toux.

Une fois de plus, Socrate dut intervenir d'urgence.

— Résumons, dit Coriolan, une fois seul avec Alcibiade qui avait quitté les caves de Cluny en se jurant de n'y jamais remettre les pieds... Le

Conseil des Trente assumera l'intérim. Pour moi, ce ne sera pas pire que de te savoir aux commandes. Darius et Goliath resteront pour gérer les affaires courantes. Je les nommerai proconsuls. C'est mon dernier prix.

Alcibiade, depuis le marché que lui avait imposé le prince héritier, n'était plus en position de négocier des places pour ses partisans. Il s'opposa pourtant à la nomination des deux officiers.

— S'ils ont un droit de regard sur les affaires du sérail, je fais revenir Sargamatas. Le Conseil de régence m'appuiera. Tu as pris du grade, mon prince, mais tu n'as pas encore le cul assez haut pour m'humilier ainsi.

— Oublie le borgne, Monseigneur, et garde tes pions pour la dernière manche. Aujourd'hui, j'assure mes arrières. Rien de plus. Laisse-moi Darius et Goliath, ce sera ton cadeau de mariage... O.K. ?

Le O.K., Alcibiade ne s'y ferait jamais.

— Et l'Oriental, dit-il, on le met sous cloche? On l'empale? On l'enduit de mazout avant d'y mettre le feu?... Ce rat est capable de faire du sérail un couvent de moines.

— Quand apprendras-tu à respecter une parole? Socrate a un statut de diplomate, personne ne lui fera de mal. Il continuera de résider dans le quartier impérial et de s'y déplacer librement.

— Dans ce cas, il nous servira d'otage, de monnaie d'échange en cas de pépin. C'est de bonne guerre, non?

— C'est comme tu voudras, Monseigneur, mais on n'y touche pas.

Coriolan pensait que Socrate ferait un merveilleux Premier ministre. En attendant, c'est à lui qu'il avait songé pour veiller dans l'ombre en son absence.

— Si on cassait la croûte ?

C'était la première fois que le prince invitait le régent à sa table.

CHAPITRE 34

J'ai mangé à la table du bâtard, et de bon appétit. Un jour viendra où je n'aurai plus à lui servir la soupe.

Et ce jour approche…

Cet imbécile de Sargamatas a failli tout compromettre mais ce mariage est venu à point calmer le jeu et me rendre la main. J'ai obtenu d'accompagner le prince en Orient. L'avenir est à moi. Pas besoin d'être devin pour l'écrire.

Après notre départ, le Roi-de-rats fait de l'empire une pétaudière. C'est dans l'ordre des choses. Darius et Goliath s'épuisent à vouloir les raisonner. Pendant ce temps-là, les frères jumeaux passent à l'offensive. Je les aurai encouragés à le faire. « Allez-y mes seigneurs, vengez-vous… » Je leur fais confiance pour raccourcir les partisans du bâtard et terrifier les populations. À eux de nettoyer la place. Jusque-là, tout leur sera permis. Au-delà, il y aura Sargamatas et sa horde pour les empêcher de s'emparer du trône.

Sargamatas n'est pas loin. Je l'ai envoyé se faire oublier, dans les bois, à moins d'une journée de marche du Grand Labyrinthe. La plupart de ses capitaines sont passés dans la clandestinité, prêts à en sortir au premier appel.

Et moi, là-bas, dans les sables du désert, au contact

de mes espions, je serai libre de tendre un piège au bâtard. Cette fois, il n'en sortira pas vivant.

Je ne sais pas encore comment je m'y prendrai, mais je n'aurai que l'embarras du choix. J'aurai à ma disposition 100 000 fantassins pour faire la haie d'honneur devant le couple impérial. Ils me serviront à mettre le palais du pontife à sac.

À mon retour au sérail, je crie au guet-apens, à la trahison. «Le prince est mort! On nous a attirés dans un traquenard.» À ce moment-là, qu'ai-je devant moi? Des ministres apeurés par la guerre civile. Une capitale en proie à l'insurrection. Je rétablis l'ordre. Les jumeaux doivent se soumettre ou périr. Ils périront de toute façon. Comme leurs autres frères. Toute la famille y passera. Fin de la dynastie. Début de mon règne.

J'oubliais le bon génie. L'Oriental et sa médecine douce. À celui-là, je réserve une surprise. Je n'en dirai pas plus.

CHAPITRE 35

Les rats marrons, de la confrérie des croque-morts, déboulèrent dans la salle des vents à la relève du matin. Gala ne leur opposa aucune résistance. Le médium impérial n'était plus qu'une pauvre chose informe, abandonnée dans le secteur des cantines. Droguée à mort. Ses derniers états de service mentionnaient des crises d'épilepsie, une violente altercation avec l'un de ses subordonnés et, faute impardonnable, un contresens dans le décryptage d'une phéromone portant le sceau «confidentiel».

L'officier général de garde cette nuit-là avait demandé une évacuation sanitaire.

Dans le langage administratif, ça signifiait la mise à mort.

L'agent de Darius et Goliath avait essayé de retarder l'exécution de la sentence le plus longtemps possible. Il était désespéré. Gala, même sous l'effet des drogues dont elle se gavait, restait une grande dame du renseignement. Mais l'époque n'était plus aux artistes. Il fallait produire, produire, produire... Les effectifs tournaient de plus en plus vite et la qualité des messages s'en ressentait.

— Tout compte fait, avait dit l'agent à Darius, il valait mieux qu'elle s'en aille... Et puis, avec la fin du monopole, elle ne servait plus à rien.

Car le monopole avait pris fin. Conformément aux accords passés entre Alcibiade et le prince héritier, le Conseil de régence avait ouvert le site à des fonctionnaires de la maison impériale. Darius était venu superviser l'installation et le rodage du service concurrent.

Les agents envoyés sur le terrain devaient fournir indifféremment le camp du prince et celui du régent en messages olfactifs.

Enfin, presque tous.

Alcibiade avait pris des dispositions pour conserver le contrôle des canaux de transmission utilisés par Scorpion Rouge. L'équipe basée dans le désert de Thar avait la capacité d'émettre sur une fréquence inconnue des services officiels.

Précaution inutile. Gala, au bord de l'inconscience, réussit à éventer le stratagème et à en avertir son contact. Ce fut son chant du cygne.

« Scorpion Rouge à Nid de Guêpes. Daté du premier cycle de la cinquante-troisième lune. Éléments de renfort arrivés sur zone. Otages soumis par l'homme blanc à une nouvelle série de tortures. Jets de pierres, écrasements, compressions infligées à des individus très jeunes. Corps élastiques. Pas de blessures apparentes. Rien d'autre à signaler. Attendons ordres. Fin d'émission. »

Les événements suivaient leur cours inexorable. David Quasar effectua une seconde série de tests sur les rats issus de la souche transgénique. Le squelette et les organes mous des rongeurs furent soumis à des efforts intenses. Pressions, étirements, chocs externes, destinés à mesurer leur degré de résistance biomécanique. 85 % des sujets en sortirent indemnes. 5 % présentaient des lésions plus ou moins sévères. Et 10 % avaient succombé. Somme toute, d'excellents résultats.

Il ne restait plus qu'à tester leur résistance à l'impact des balles et au souffle des explosifs.

— Quoi d'autre ? demanda Coriolan à Darius qui, chaque matin, à l'heure du coucher, venait lui communiquer les messages de la nuit.

— C'est tout ce que nous avons récolté sur la fréquence prioritaire. Les autres canaux ne nous ont, bien sûr, rien appris... Enfin, rien d'important.

Darius avait marqué un léger temps d'hésitation.

— Raconte, le pressa Coriolan.

— C'est sans rapport, mais... L'un des messages provenait d'un poste de guet qui se trouve dans la zone pluvieuse, sur la frontière de l'empire, loin de la zone couverte par Scorpion Rouge. Hier soir, l'un de mes agents a capté le signal indicatif de ce poste sur la fréquence ordinaire. Le hasard a voulu que je me trouve à ses côtés pendant la réception... Le message indiquait qu'un mystérieux pèlerin porteur d'un coffret en bois avait été vu dans la région... Ce coffret, semble-t-il, contenait les reliques d'un souverain. Sans plus de détails.

Une vive émotion s'empara de Coriolan. Il la réprima presque aussitôt mais Darius s'en aperçut.

— Veux-tu que j'essaie d'en savoir davantage ?

— Non, tout va bien.

Darius racla le sol de ses griffes.

— Je demande la permission de me retirer.

— Permission accordée.

Le prince héritier attendit que l'officier soit sorti de son périmètre olfactif pour donner libre cours à ses pensées. L'homme porteur du coffret ne pouvait être que le Vieil Homme. Et le coffret contenait la dépouille de son père. Coriolan avait enfin retrouvé leurs traces. Le Vieil Homme aurait-il la force d'aller jusqu'au bout ?

CHAPITRE 36

Après avoir contourné la station thermale d'Udaipur, ses centaines de bungalows et de villas coloniales essaimés parmi les citronniers et les lauriers-roses, et s'être mêlé à la foule des pèlerins qui se rendaient dans les temples en marbre blanc du mont Abu, le Vieil Homme poursuivit son chemin solitaire à travers les forêts d'eucalyptus qui poussaient sur les flancs des collines environnantes. Ces contreforts des monts Aravalli constituaient le dernier îlot de verdure avant l'immensité torride et poussiéreuse du désert de Thar.

Tadeuz Karoly avait fini par passer inaperçu, se

confondant avec les yogis itinérants qui parcourent depuis cinq millénaires ce gigantesque dédale initiatique, jalonné de divinités et de sanctuaires, qu'est l'Inde.

La tête coiffée d'un turban blanc, amaigri, le visage tanné par le soleil, vêtu d'un pantalon et d'une chemise en loques, le Vieil Homme allait pieds nus sur des sentiers caillouteux. Il ne faisait halte qu'à la tombée du jour, perclus de fatigue. Il mendiait sa nourriture et dormait dehors, enroulé dans une natte, serrant dans ses bras un sac en toile qui contenait le précieux coffret.

Malgré ses hardes, Tadeuz Karoly n'avait rien abdiqué de sa fierté. Ses yeux sombres, profondément enfoncés dans leurs orbites, imposaient le respect aux rares individus qui approchaient cet étrange vagabond. Mais il n'y avait pas de dureté dans ce regard.

Plus Tadeuz se dépouillait de son ancienne carapace, plus il gagnait en lucidité. Au fil des jours, son regard s'éclairait. Plus rien en lui ne faisait obstacle à la vérité des êtres et des choses qu'il rencontrait sur son chemin. Son acuité sensorielle lui rendait perceptibles des sons et des odeurs dont il n'était pas conscient auparavant.

Il commençait à saisir la structure intime des minéraux, la croissance des végétaux et la subtilité de leur langage. Il apprenait aussi à capter et à déchiffrer les échanges olfactifs de la plupart des animaux qui évoluaient dans son environnement proche. Lui qui avait jadis fait de la chasse son sport favori accueillit avec un sourire cette faculté nouvelle. Elle ne lui servait plus à tuer mais à communiquer avec des êtres vivants, sensibles, et incroyablement proches de lui par leurs instincts fondamentaux.

La vitalité du monde le captivait et l'émerveillait comme un enfant.

Quand la route lui paraissait longue, il s'arrêtait pour engager un dialogue muet avec le dormeur enfermé dans son écrin de bois doré. Parlait-il à un mort, à une âme, à ses souvenirs ? Peu importait puisque il en retirait à chaque fois la force et le courage de continuer.

Devant lui s'élevèrent bientôt les premières dunes. Il inspira profondément et marcha à leur rencontre d'un pas léger.

CHAPITRE 37

Trois régiments de sapeurs s'attaquèrent au « ratcatcher », une succession de rondelles métalliques qui gainaient les amarres du navire à quai. Ce dispositif empêchait les rats d'accéder aux écubiers, ouvertures ménagées à l'avant de la coque pour le passage des câbles. Les rongeurs firent sauter les anneaux l'un après l'autre. Dès que la voie fut libre, 100 000 rats gris embusqués dans des entrepôts se ruèrent en direction du navire et grimpèrent en file indienne le long des chaînes d'amarrage. Rompu à l'exercice, le gros de la troupe se hissa par tribord avant de gagner les cales. À l'arrière-garde, deux cents rongeurs s'employaient à remettre le « ratcatcher » en place.

L'embarquement eut lieu dans le port de Gênes, par une nuit sans lune. On ne compta qu'une centaine de pertes. De mauvaises chutes et des noyades.

Le navire appareillait le lendemain à destination des Cyclades.

« Madame, Monsieur, le commandant et son équipage vous souhaitent une très agréable journée. Le ciel est dégagé et la mer est belle... » Diffusée par des haut-parleurs, la voix était chaude, virile, rassurante. Chaque matin, elle berçait les passagers dans leur certitude de vivre un rêve maritime.

Le *Colombus*, paquebot cinq étoiles et fleuron de la compagnie Caribbean International Cruises, transportait 1 650 passagers vers les paradis tropicaux de l'océan Indien. À 20 000 dollars la croisière entre Gênes et Colombo (Sri Lanka), via la Méditerranée orientale, le canal de Suez, Aden, Bombay et les îles Andaman, rien ne devait gâcher le voyage. Le *Colombus*, vaisseau amiral de la compagnie, était un palace flottant. Une bulle de bonheur imperméable aux caprices de la météo et, bien sûr, insubmersible.

Il avait à son bord un sociologue en vue, invité à disserter sur des « thèmes de société ». Le vaisseau amiral de la Caribbean dispensait à ses passagers le pain, les jeux, la boisson à discrétion et ce quelque chose en plus que le directeur de croisière n'hésitait pas à appeler un « supplément d'âme ».

Personnage clé, le commissaire de bord, arbitre mondain et gentil organisateur en chef, assurait à lui seul la bonne marche de ce Luna Park transocéanique. Quand le roulis commençait à entamer le moral des troupes, le commissaire de bord faisait donner l'artillerie lourde, un groupe de salsa afro-cubain.

Jusqu'à Alexandrie, le paquebot navigua en eaux tranquilles. Pas d'incident notable. Le sociologue observait cette « arche de Noé » à travers des lunettes demi-lune qui le rendaient irrésistible aux yeux des dames de la cinquantaine. L'ambiance générale était au farniente et l'esprit de compétition ne reprenait ses droits que pour se faire inviter à la table du commandant, ce commandant que les passagers honoraient du grade de « commodore ». On était dans un décor d'opérette, et l'uniforme était blanc à galons dorés.

Un matin, tandis que le corps de ballet khmer répétait en face des jongleurs bulgares, Amy disparut. Amy Westrick, âgée de cinq ans, petite-fille de Julian Westrick, chirurgien domicilié à Hartford (Connecticut), et de son épouse, Hannah Westrick, avait disparu entre le sauna de son grand-père et la séance de fitness de sa grand-mère. L'hôtesse chargée de l'accompagner l'avait perdue en route…

— On ne perd pas une enfant !

C'était l'avis général et le commissaire de bord, appelé en urgence sur les lieux de la disparition, partageait cet avis. L'hôtesse, une jeune Hollandaise rousse affichant depuis le départ un indice de protection solaire maximum, fut fermement invitée à se joindre au chœur. Mais elle avait tout de même perdu la gosse.

Des recherches furent engagées. En fin d'après-midi, l'enfant n'avait toujours pas réapparu. Le commissaire dut se résoudre à enquêter auprès des passagers. Et le sociologue consentit à rechausser, en dehors de ses activités de conférencier, ses verres demi-lune pour examiner la rumeur. Car la rumeur courait.

Un pervers avait enlevé la fillette.

Les premiers visés par la rumeur furent les soutiers du navire. Maltais et Philippins. Après, vint le tour des marins chypriotes. Puis la rumeur cessa. On était entre gens de bonne compagnie.

En début d'après-midi, le percussionniste du groupe afro-cubain commença à perdre le rythme. L'orchestre de musique baroque fut réquisitionné pour prendre la relève. Puis ce fut le tour du joueur de cithare. Un climat d'angoisse s'installait.

Les grands-parents hésitaient encore à avouer au commissaire de bord que l'année précédente, sur le *Boléro* qui croisait au large des Antilles, Amy avait déjà lâché la main de sa nurse. Après quinze heures de recherches, un membre du personnel hôtelier l'avait retrouvée à l'intérieur d'une Jeep Cherokee, dans le garage automobile.

Cette fois, il fallut attendre que la petite fille se décide à réapparaître toute seule dans la blanchisserie. L'heure du dîner avait sonné et elle avait faim, la mignonne.

Devant le commandant, le commissaire, le directeur de croisière et le médecin qui l'entouraient, la blondinette aux yeux d'écureuil affirma avoir passé la journée avec un rat très, très gentil qui lui avait donné un bisou sur la joue.

— Il sentait très bon, ajouta-t-elle avec une mimique d'enfant-star.

Mais ce jour-là, les adultes n'avaient pas payé leur place pour applaudir Shirley Temple. Amy fit un flop.

— Un rat ! Un rat à bord !... Amy, dit le commissaire avec un air attristé, tu nous as fait une belle peur, alors tu ne vas pas te mettre en plus à nous mentir ?... Qui as-tu rencontré ce matin ?

Le médecin intervint pour couper court à cet interrogatoire. Il demanda à examiner l'enfant. Le commandant acquiesça.

Tout de même, ça l'intriguait.

— Tu es sûre que c'était un rat ?

— Oh oui, un grand rat et il y en avait des dizaines de milliers avec lui. C'était leur chef, un très gentil chef.

À l'escale d'Alexandrie, tandis que les passagers étaient descendus à terre, le commandant ordonna une inspection générale du navire. Les cales, la soute à bagages, les chambres froides, les citernes et tous les compartiments des ponts supérieurs furent méticuleusement fouillés. Sans résultats. De rats, aucune trace. Par mesure de précaution, on doubla le nombre de pièges et d'appâts empoisonnés.

À l'escale d'Aden, nouvelle fouille.

Cette fois, on réussit à en coincer un. Un rat gris, un beau morceau, surpris dans une chaloupe de sauvetage dont il avait rongé la bâche protectrice. Le coupable parvint à s'échapper, semant la panique sur le pont avant de disparaître.

Amy n'avait pas tout inventé.

Dans les infrastructures du navire où les 100 000 rats du corps expéditionnaire avaient établi leurs quartiers, on tira au sort. Deux cents rongeurs furent désignés pour aller au casse-pipe.

Il fallait bien sacrifier quelques boucs émissaires pour sauver les autres.

Les kamikazes reçurent l'ordre d'aller au contact de l'équipage et de le faire courir jusqu'à ce que le paquebot jette l'ancre en rade de Bombay. Là-bas, l'ensemble de la troupe serait débarquée.

La chasse au rat devint le sport favori des marins du *Colombus*. Ils les tuaient à coups de battes de base-ball ou les prenaient au filet comme des pigeons. Il y eut même un chef-électricien pour combattre un mâle à mains nues. Les rongeurs semblaient prendre un malin plaisir à narguer leurs poursuivants et leur filaient entre les jambes en poussant des cris aigus.

Le carnage se déroula en dessous de la ligne de flottaison à l'écart des ponts réservés aux passagers. Aucun d'eux n'en fut témoin, même si le bruit filtra qu'il y avait bien des rats à bord et des gros.

La voix qui, chaque matin, annonçait le beau temps avait conservé son timbre de velours. Il n'était pas question pour elle de livrer le compte des morts et des blessés de la nuit. Le directeur de croisière avait exclu qu'on puisse « communiquer là-dessus », même pour chanter victoire.

Pourtant, le quartier-maître qui tenait à jour le tableau de chasse considéra que la partie était gagnée au deux centième rat mort. Deux cents, ça faisait un nombre. Et les dégâts occasionnés par ces animaux dans la cargaison n'indiquaient pas qu'il y en eût davantage.

On était au vingtième jour de croisière et le port de Bombay était en vue.

CHAPITRE 38

Sur les 100 000 rats partis de Gênes, le tiers périt au cours de la traversée. Obligés de vivre sur leurs réserves pour ne pas se livrer à un pillage qui aurait mis le paquebot en état d'alerte rouge, logés dans des conditions épouvantables, à l'intérieur des structures alvéolaires qui composaient la coque du navire, les rats formant le corps expéditionnaire avaient enduré un calvaire. Des maladies parasitaires s'étaient déclarées dans leurs rangs, décimant les organismes les plus faibles, et l'incessant roulis avait fini par ébranler le système nerveux des rescapés.

Dans ces conditions, le débarquement constituait une aventure à haut risque. Il faudrait plonger dans les eaux du port et parcourir plusieurs centaines de mètres à la nage avant d'atteindre les quais. Combien de nageurs en auraient-ils la force ?

— Qu'on fasse construire des radeaux par le régiment fluvial et que les compagnies de mulots soient prêtes à faire diversion en cas d'attaque.

En observant le régent dans son rôle de chef de meute, Coriolan découvrit une autre facette d'Alcibiade. La seule qui méritât le respect, même pour un prince indifférent à la gloire militaire. Alcibiade était un combattant de premier ordre. Un meneur de rats. Sa bravoure et son intelligence du terrain galvanisaient les troupes qui servaient sous ses ordres. Le régent n'avait pas été le chef d'état-major de Jupiter par hasard. Il était partout, devant et derrière ses soldats, anticipait, corrigeait, improvisait en virtuose de la guerre. Il savait d'instinct placer ses coups, encaisser, rebondir, sans jamais céder au découragement ou à la peur.

C'était lui qui avait envoyé à une mort certaine deux cents grenadiers de la Marne crayeuse, un corps d'élite, pour leurrer les marins du *Columbus*. Lui encore qui avait fait exécuter sur-le-champ, pour l'exemple, une section qui avait désobéi aux ordres et s'en était allée voler un régime de bananes dans une chambre froide du paquebot.

Seul Coriolan échappait à son contrôle. Le prince avait effectué des sorties de sa propre initiative. Il voulait s'assurer de l'étanchéité de leur dispositif. C'est à l'occasion de ces tournées d'inspection qu'il était tombé sur la petite fille.

Il n'avait pas pu résister.

Il se montra à la fillette, se confia à elle, certain qu'elle ne lui ferait aucun mal et ne les trahirait pas. Coriolan savait que les enfants n'ont presque jamais l'oreille des adultes quand ils disent l'incroyable vérité des choses.

À présent, il regrettait cette rencontre. Son imprudence avait coûté la vie à deux cents de ses compagnons. Il aurait mieux valu qu'il se cache du jeune fantôme dont il avait croisé les pas.

Il se sentit d'autant plus coupable qu'Alcibiade, étrangement, ne lui adressa aucun reproche. Cette attitude aurait dû le mettre en garde.

— Si j'étais toi, je me méfierais encore plus.

Yasmina, elle, n'avait pas changé d'avis sur le régent. Soumise au même régime que les troupes, nichée au milieu d'un amas de soldats que la soif et les fièvres faisaient délirer, la concubine du prince ne se plaignait jamais. Son esprit était demeuré aussi vif qu'au premier jour de la traversée.

Elle était peut-être la seule, dans cette masse grise et brune, à pressentir dans cette odyssée nuptiale un voyage sans retour.

Le débarquement coïncida avec l'arrivée de la mousson d'été. Un violent orage s'était abattu sur Bombay. Qui profita aux rats. Du moins aux plus coriaces. Ils ne furent pas nombreux à gagner le rivage. Une trentaine de milliers tout au plus. Alcibiade, Coriolan et Yasmina étaient parmi les survivants. Ils accostèrent avec le dernier radeau. Un assemblage de cordes récupérées sur le *Colombus*.

Il restait à ce contingent un millier de kilomètres

à parcourir jusqu'au grand désert du nord-ouest de l'Inde. Aucun éclaireur n'ayant reconnu l'itinéraire, l'armée se scinda en plusieurs groupes pour prévenir les embuscades et se montrer le moins possible. Alcibiade avait prévu de renouveler les effectifs de l'avant-garde chaque jour, tant les pertes promettaient d'être sévères. Ils devraient avancer à marche forcée à travers des territoires hostiles, peuplés d'une foule d'humains et infestés d'oiseaux et de serpents prédateurs.

Alcibiade fit passer un message parmi les troupes.

— Si un seul d'entre nous doit arriver au bout, ce sera Coriolan, notre futur Empereur. Que chacun se tienne prêt à mourir pour lui.

CHAPITRE 39

Rajiv, le commerçant sikh établi au bord de la piste menant à Jaisalmer, dans le désert de Thar, se tenait accroupi sur le pas de son échoppe. Il fumait une cigarette. La journée avait été tranquille. Un camionneur lui avait acheté des galettes de millet et bu son thé vert. Mais quand Rajiv aperçut la Toyota blanche foncer dans sa direction, il jeta sa cigarette et rentra.

Ce client-là ne marchandait rien. Or Rajiv aimait son métier.

Le moindre rabais coûtait à l'acheteur une demi-journée de palabres. Une fois, une seule fois, Rajiv avait accepté de vendre à perte. L'autre avait apporté ses boulettes de pain rôties, ses lentilles, son thé, un réchaud à pétrole, et une natte pour dormir. De quoi tenir la semaine.

Rajiv s'approvisionnait sur le marché frontalier et alimentait ses stocks selon les arrivages. La qualité des produits importait moins que leur valeur symbolique. Ce petit détaillant des sables avait réussi à équiper en électroménager nord-coréen des populations semi-nomades branchées sur la course du soleil. Si un chamelier retors l'avait mis au défi de le fournir en pneus Michelin à structure radiale, Rajiv, magicien du négoce parallèle, en aurait sorti un jeu complet de son turban. Pour lui, rien d'impossible.

Mais le confondre avec le gérant d'un self-service était la pire injure qu'on pût lui faire. Le conducteur de la Toyota, un étranger au pays, avait commis cet impair.

D'habitude, il lui vendait des bouteilles de gaz et des boîtes de conserve. Ce jour-là, David Quasar lui demanda un fusil, des cartouches et des grenades. Rajiv n'avait pas ces articles en magasin. L'étranger agrippa la tunique du commerçant de la main. Une main articulée aux doigts crochus comme des serres.

— Cinq cents dollars... C'est mon prix. Pour soulager ta conscience, sache que je m'en servirai pour faire fuir les chacals qui rôdent autour de ma maison.

Rajiv portait toujours, en travers du pan d'étoffe qui ceignait sa tunique, un couteau à lame courte. Quasar fut le plus rapide. Il lui subtilisa l'arme et la main d'acier se referma sur son cou.

— Je sais que tu as des mausers dans ton gourbi. Un seul me suffira, avec les munitions. Pour les grenades, quatre.

Et d'une violente poussée, il obligea le Sikh à le conduire dans l'arrière-boutique.

Rajiv dut ramasser la liasse de dollars que l'étranger lui jeta par la vitre du 4 × 4 au moment de démarrer. Jamais personne ne l'avait humilié à ce point. Il voulut se venger.

Le désert n'était pas grand pour un homme aussi bien renseigné que Rajiv. Le lendemain soir, il rampait déjà sur la dune qui surplombait le fortin où logeait Quasar. Le couteau entre les dents. Il n'était pas venu pour discuter mais pour surprendre ce mécréant au lit et lui trancher la gorge.

Il s'apprêtait à franchir le muret en briques qui entourait la maison forte quand une nasse vivante l'absorba soudain et se referma sur lui. Une multitude de dents effilées commencèrent à lacérer ses vêtements avant d'entamer les chairs. Rajiv, aveuglé par la douleur, se mit à tourbillonner sur lui-même. Ses cris n'alertèrent que les charognards qui patrouillaient dans le voisinage. En quelques secondes, les rats avaient entièrement dépecé leur proie. Des rats minuscules, aussi minuscules que monstrueusement voraces.

Une nuée de sauterelles...

CHAPITRE 40

— Ceux qui ont la trouille peuvent partir !

Dans les rangs de la troisième compagnie de renseignement, pas un poil plus haut que l'autre. Tous volontaires.

Ils n'avaient pas le choix. C'était risquer de se

prendre une balle ou crever de soif dans le désert. Les projectiles manquaient parfois leur cible. Pas les rayons du soleil.

L'officier commandant la troisième compagnie n'en espérait pas davantage de ses baroudeurs. Il lança le cri de ralliement.

— Qu'est-ce qu'on dit au chef!

Et trente gosiers de répliquer à pleins poumons.

— Le chef est un chef, chef!

Scorpion Rouge s'accrocherait au terrain jusqu'au dernier de ses agents. Leur mission initiale n'avait pas changé : espionner l'homme blanc. Mais ils devaient aussi baliser le secteur dans l'attente du corps expéditionnaire en marche vers le temple. Et en surveiller les abords. Dernier ordre communiqué par le régent avant son départ.

Ces nouvelles tâches avaient mis l'effectif sur les dents. Le fortin et ses alentours immédiats devenaient dangereux à fréquenter. Depuis la veille, des balles sifflaient aux oreilles des rats gris. L'homme alignait ses otages contre un monticule de sable et leur tirait dessus. Au début, la fusillade avait fait fuir les observateurs de la troisième compagnie... Et personne n'avait rien vu de ce qui s'était passé. Un ratage complet.

Ils commençaient à s'habituer, malgré les balles perdues qui giclaient çà et là dans les dunes. Un agent posté face au champ de tir, dans un repli sablonneux, manqua se faire trouer la peau. Il s'en vanta auprès d'un collègue qui s'empressa de le faire savoir à un autre... L'officier commandant dut montrer les dents pour éviter la débandade.

S'accrocher. Et ouvrir l'œil.

Ils croyaient avoir tout vu en épiant ce client aux pouvoirs diaboliques. Des rats captifs qu'on fait procréer à la chaîne, des ratons plus que maigrichons qu'on flambe au chalumeau, qu'on écrase à coups de marteau, sur lesquels on tire à bout portant avec un fusil de fort calibre ! Les ratons volaient en l'air sous l'impact... Et ils se relevaient... Ils s'en sortaient presque tous indemnes. Imputrescibles, inaltérables, blindés.

Immortels.

Scorpion Rouge finit par lâcher le mot dans son dernier message. « Individus immortels. » Sûr qu'à l'autre bout, l'information ferait du foin. Pourtant, les indices s'accumulaient. Jusqu'au bouquet final.

L'homme ligota un groupe d'otages avec du fil de fer et leur lança une grenade dans les pattes avant de s'abriter derrière une dune. Presque aussitôt, il y eut une formidable déflagration suivie d'un panache de poussière et de fumée.

Le premier agent, posté sur une crête voisine, resta sourd et aveugle après ce cataclysme. Les autres, placés en retrait, écarquillèrent les yeux et ouvrirent grandes leurs narines pour évaluer l'effet de l'explosion sur les victimes.

Intactes. Le fil de fer avait fondu. De la grenade, plus rien, sinon des éclats plantés dans le sable. Et au milieu, une vingtaine de maigrichons le cul par terre et la truffe en l'air. Pas même ébouriffés. Sauf un. Apparemment, celui-là avait souffert d'un défaut de fabrication. Il était carbonisé.

— Pourquoi eux, et pas nous, chef ?

La question se posait. Pourquoi ces demi-portions conçues en deux jours résistaient aux pires sévices alors que des rats du nord, des professionnels qui avaient rempilé cinq, huit, dix fois dans le corps le plus aguerri de l'armée, auraient succombé dès la première épreuve ?

Le chef n'avait pas la réponse. Mais les membres

du Conseil de régence devaient la connaître, eux. Il le fit savoir.

— Ils savent ce qu'ils font. C'est dit et je ne me répéterai pas. D'autres questions ?...

Personne n'osa lui demander pourquoi un cadavre humain traînait depuis la veille à quelques mètres du fortin. Et pourquoi aucun charognard n'avait osé s'en approcher.

En l'absence du régent, le Conseil de régence n'était plus qu'un cabinet fantôme. Le service des vents était tombé sous le contrôle des loyalistes. Leurs chefs, Darius et Goliath, proconsuls nommés par le prince héritier, gouvernaient l'empire.

Leurs services traitaient en priorité les messages émis par Scorpion Rouge. Il y avait de quoi s'affoler. L'armée conduite par Alcibiade et Coriolan allait à la rencontre d'un ennemi mortel.

— Le prince est conscient du danger, déclara Goliath. Il prendra ses précautions.

Darius était loin de partager cet optimisme.

— Cet homme a construit une arme imparable. Les créatures qu'il a fait naître sont indestructibles. Souviens-toi des « crapauds », ces rats aux yeux jaunes que nous avons combattus avec Jupiter...

Goliath n'avait pas oublié la bataille des sources et l'hécatombe provoquée par ces envahisseurs. Il hocha la tête, gagné à son tour par l'inquiétude.

— Impossible de l'avertir... Il est en mer et nous ne disposons d'aucun relais disponible dans la zone où il doit accoster.

— Je ne vois qu'une solution, dit Darius... Lever des renforts et partir à son secours.

Accaparés par la « question d'Orient », les deux proconsuls ignoraient qu'à ce moment, dans les galeries entourant le sérail, siège du gouvernement, les princes jumeaux forçaient l'entrée des casernes de la garde impériale pour appeler leurs chefs à la rébellion.

Les jumeaux avaient juré la perte de Coriolan et des proconsuls. Pour parvenir à leurs fins, ils avaient fondé le parti des Vengeurs et recrutaient des activistes dans la haute aristocratie du sérail. Les Vengeurs militaient pour une révision dynastique qui priverait Coriolan de ses droits à la couronne.

CHAPITRE 41

« Socrate, tu es un âne. » L'ambassadeur du Divin Brahma se sentait mortifié d'avoir piqué un somme durant la séance du Conseil. Admis par le Roi-de-rats à suivre ses débats, il n'avait pu résister à la tentation. Les Trente avaient coutume d'arroser leurs travaux parlementaires au blanc sec. Ce breuvage incolore aurait perforé l'intestin de n'importe quel rongeur normalement constitué mais eux le lampaient aussi goulûment que de l'eau de Seine. Socrate, à qui ce vice était étranger, voulut y goûter à son tour. La première gorgée le coucha sur le flanc, ivre mort.

Au réveil, le mal était fait. Le Conseil des Trente, fort des pouvoirs que lui conférait l'absence du régent, avait eu le temps de légiférer. Tandis que Socrate cuvait son vin, la loufoque assemblée s'était arrogée le droit d'affranchir les rats du premier devoir de l'espèce : travailler.

Le quinzième conseiller, Philémon, un ultralibertaire, cria le plus fort. Or c'était le plus gueulard qui avait l'oreille de la présidente. Philémon voulait abolir le travail. Proposition acceptée. Le travail serait dorénavant illégal. Même Godot, qui n'avait pas la moindre envie d'abandonner sa charge de greffier et qui détestait Philémon parce qu'il était plus jeune que lui (ce conflit de générations opposait le doyen d'âge à l'ensemble de ses collègues), même l'opposant radical qu'était Godot dut s'incliner. Philémon, qui imitait le barrissement du veau de mer à la perfection, avait réussi à faire taire les vingt-neuf autres conseillers.

— Qu'on appelle les coursiers, lança Oti dans un piaulement de moineau, et qu'on fasse savoir à tous les représentants de l'État qu'à dater de cette nuit, il est interdit aux rats des trois castes vivant sur les territoires de l'empire d'exercer un travail.

Godot fut fermement invité à observer le premier le principe émis par l'assemblée. Sa mémoire cessa dans l'instant d'enregistrer les propos de la présidente. Ce qui ne l'empêcha pas d'émettre un avis critique :

— Je veux bien me tourner les pouces mais votre loi, chers collègues, ne sortira pas d'ici... Appelez les coursiers, ils n'iront nulle part. Logique. Ils n'ont plus à travailler.

— Godot a raison, fit le cinquième conseiller. À quoi sert de voter une loi inapplicable ?

— Comment ferons-nous pour commander nos repas ? s'inquiéta le vingt-deuxième... Interdire aux rats de bosser soit, mais crever de faim, jamais !

Philémon, l'auteur du texte, faillit lui sauter à la gorge. Avant de rugir :

— Crétin ! Le législateur est au-dessus des lois. La nôtre s'appliquera à tout le monde, excepté nous... On continuera à se faire servir et à employer du personnel administratif pour faire appliquer nos décisions.

— C'est noté, gloussa le doyen d'âge, qui se voyait autorisé à reprendre du service. J'enregistre qu'on est au-dessus des lois et que Philémon a insulté son collègue.

Ce qui vaudrait à l'offenseur un blâme pour la présente session.

— Qu'en dit notre invité ? lança timidement Oti qui s'inquiétait du silence observé de ce côté-là.

Socrate émergeait à peine de son coma éthylique. Des centaines de cloches carillonnaient dans sa tête et un bœuf s'était posé sur sa langue. Il se fit répéter poliment la question. Et retomba dans le cirage.

— Tu as la réponse, dit Philémon à la présidente. Depuis des siècles, les rats d'Orient se la coulent douce. Ils ne savent pas ce que c'est d'être humiliés, battus, exploités comme nous le sommes...

Quand Socrate, titubant et l'œil vitreux, réussit à quitter les caves de Cluny et à retourner au sérail, l'aube pointait déjà sur Paris. Goliath fut le premier alerté du « malaise » dont avait été victime l'ambassadeur. Il se précipita à son chevet. Le malade empestait l'alcool. Goliath allait se plaindre d'avoir été dérangé pour si peu quand Socrate le pria de s'approcher. Son langage olfactif, embrouillé par les vapeurs éthyliques, réclamait un maximum d'attention.

— C'est ma faute, souffla-t-il à Goliath...

Il lui raconta ce qu'il avait appris de la présidence du Conseil. Goliath s'en mordit la langue.

— Bon sang de belette !... Si nos adversaires apprennent l'existence de cette loi, ils vont déclencher un coup d'État.

Le travail, pour l'aristocratie, constituait une nécessité vitale. Le travail des autres, s'entend. Il fallait bien se payer sur la bête. Si les rats des basses castes étaient affranchis de toute corvée et cessaient de nourrir la haute caste, c'en était fait de l'empire.

Comme le redoutait Goliath, les Vengeurs se saisirent de ce prétexte pour lancer l'insurrection. Ils investirent les casernements où se trouvaient cantonnés les régiments de la garde noble. Les officiers et leurs troupes se rallièrent à la rébellion.

Quand les proconsuls, Darius et Goliath, chefs de file des loyalistes et gardiens de l'ordre impérial, voulurent réagir, il était trop tard. Le soulèvement militaire avait commencé.

Le sérail où nichaient les services du gouvernement impérial tomba dès les premières heures. L'empire était paralysé.

Les deux proconsuls n'étaient plus obéis. Plus grave, ils étaient menacés.

Darius et Goliath n'eurent qu'à lever le nez pour intercepter les milliers de phéromones appelant à leur capture. Les Vengeurs ratissaient déjà les tunnels conduisant au quartier impérial.

— Comment passer entre les mailles du filet ? dit Goliath...

— Les sources ! Droit vers les sources, répondit Darius...

Les proconsuls empruntèrent le chemin utilisé jadis par Jupiter au retour de ses chasses nocturnes. L'étroit boyau débouchait dans la salle de contrôle des réservoirs de Montsouris.

Ils étaient sortis de la nasse.

CHAPITRE 42

— À bas la loi scélérate!... À mort l'Oriental!

Les émeutiers qui s'étaient engouffrés dans la galerie de l'Homme-Mort, à proximité de la caverne du trône, conspuaient l'ambassadeur du Divin Brahma. Tout était sa faute...

— L'Oriental, au piquet!

Le supplice du piquet était plus méchant qu'une mise au coin. On attachait la victime à une quille et on l'abandonnait à son sort. D'ordinaire, la quille flottait entre deux eaux, le long de la Seine, et servait d'appât aux poissons carnassiers.

Socrate, réfugié dans un casier des entrepôts impériaux, capta ces appels au meurtre. La foule dévalait les boyaux en pente qui menaient au cœur du sérail. Pas une foule de braillards en guenilles, mais une foule de courtisans poudrés de riz que l'abolition du travail avait fait sortir de leurs tanières jonchées de paille et d'écorces moussues. C'était bien la première fois que ces rats grassouillets défilaient en brandissant le chiffon noir de la révolte.

— Qu'est-ce qu'il croit, l'Oriental? Qu'on n'a qu'à se pointer dans les squares avec des plumes dans le dos pour ramasser les miettes? On n'est pas des pigeons. Au piquet, l'Oriental! Au piquet!

Socrate se raidit. On grattait à proximité. Les frères jumeaux qui s'étaient portés à la tête des Vengeurs menaient la traque. Toutes les caches à provisions étaient visitées, les terriers impériaux systématiquement fouillés. Socrate sentit l'étau se refermer sur lui. Comment fuir?... Et dans quelle direction ?... Il n'avait jamais eu le sens de l'orientation.

L'ambassadeur du Divin Brahma examina ses rondeurs, ses douillets coussinets si peu faits pour survivre en pays barbare. Il était né pour le bonheur, pas pour la gloire. Cet exercice d'introspection lui donna une idée, une de ces idées qu'il qualifiait de géniales. Quand on est aussi délicat de cœur, aussi gentiment enrobé et pourtant menu d'ossature, pourquoi ne pas révéler la femelle qu'on porte en soi ?... En quelques minutes, tapi dans son casier, il composa un personnage de vieille courtisane affligée de rhumatismes, souffrant de la gale, et à demi démente. Il lui sacrifia son pelage, s'arrachant des touffes entières, et contracta ses muscles faciaux pour déformer ses traits et figurer les ravages de la vieillesse. Restait l'odeur. Élément capital. L'odorat des rats servant dans la garde noble ne se laisserait pas facilement abuser. Socrate chercha dans sa mémoire parmi les aïeules qui venaient lui renifler le museau quand il tétait encore sa mère. Il en trouva une, affreusement moustachue, qui l'inspira. Mais serait-il crédible en vieille rate du Kerala ? Hélas... Les femelles du sérail empestaient l'huile de vidange et la couenne de porc. Il chercha encore. Il avait pourtant rencontré de ces rates, il en avait même soigné par l'hypnose et l'herbe à chat.

Les grattements se rapprochèrent. On aboyait des ordres à moins d'un mètre.

— Combien ? demanda Goliath.

— Tous les vétérans de la Bièvre et les douaniers des barrières, répondit Darius... Ce qui doit faire quelques dizaines de milliers d'éclopés, et vingt à trente mille tire-au-flanc. C'est tout ce qu'on a pour mater la révolte.

Goliath poussa son juron favori.

— Bon sang de belette !... On l'a dans le...

— Tais-toi, coupa Darius. Les Vengeurs ont fait sécession avec l'appui des régiments d'élite, ils tiennent le palais... Et alors ? L'empire ne se limite pas à ce minuscule dédale, et ce n'est pas une poignée de soldats perdus qui fera la loi dans le Grand Labyrinthe.

— Admettons, dit Goliath. Que fais-tu pour les déloger du sérail ? Tu sonnes le rappel des morts ?

— Je soulève le peuple contre ses tyrans... Tu oublies la loi contre le travail votée par les Trente. Aucun rat du Grand Labyrinthe n'a jamais eu droit à la paresse. Ces pouilleux ne triment que pour voir s'empiffrer les princes du sérail. Laissons-les rêver à l'abolition des corvées... Comme il faudra châtier les traîtres de la haute caste, ce sera autant de bouches en moins à nourrir. Armer les parias, voilà mon plan.

Goliath s'inclina. Darius s'y connaissait mieux en politique que lui. Toutefois, il émit une odeur de torchon sale qui signifiait qu'il trouvait l'affaire tordue. On ne livre pas bataille avec des civils, surtout des civils appartenant à des castes exemptes de l'emploi militaire.

Mais il leur fallait d'abord sauver les Trente. Le Roi-de-rats serait forcément victime de représailles.

— Tous dans le sac et pas d'histoires !

Ils étaient plus d'un millier de vétérans, sous les ordres de Goliath, à tenter d'enfourner cette pelote de nerfs dans un sac à charbon. Le Conseil des Trente rechignait à voyager dans ce bagage informe, poussiéreux et malodorant. Mais le proconsul n'avait pas trouvé d'autre moyen pour les extraire tous ensemble de la cave et les transporter en lieu sûr. Jamais le Roi-de-rats ne s'était vu aussi maltraité par l'empire.

— Tas de vauriens, hurlait Godot, ce sera consigné dans les archives, et vous aurez à en répondre devant l'Empereur !

Oti fut la première à entrer dans le sac, entraînant derrière elle le premier et le deuxième conseiller. Les autres tiraient encore à hue et à dia. La présidente, écartelée, suffoqua :

— Au secours, je meurs...

Elle mourut une dizaine de fois lors du transport, et autant à l'arrivée, quand il fallut déverser le contenu du sac dans une bétonneuse de la rue des Boulangers. Le chantier s'était arrêté voici un mois et rien n'indiquait qu'il reprendrait de sitôt. C'était la meilleure cache du secteur.

Le Conseil des Trente n'exprima aucune gratitude envers ses sauveurs. Il se trouvait à l'étroit dans la bétonneuse.

Les Vengeurs avaient gagné la première manche mais leur avantage restait fragile. Les proconsuls et le Conseil des Trente leur avaient échappé. Et le sérail dont ils s'étaient rendus maîtres n'était qu'une coquille vide. Un territoire exigu qui dépendait du Grand Labyrinthe pour son ravitaillement. Or le Grand Labyrinthe et ses vingt millions de rats n'avaient pas encore choisi leur camp.

Les frères jumeaux, princes du sang, qui avaient pris la tête de l'insurrection, méprisaient les basses castes qui peinaient jour et nuit dans les égouts parisiens.

— Le peuple ne bougera pas, dit l'un des jumeaux, mais il vaut mieux prévenir les désordres et les pillages. Qu'on verrouille les issues du Grand Labyrinthe et qu'on y envoie des soldats en patrouille.

Les régiments gagnés à la cause des Vengeurs possédaient une valeur militaire incontestable. Mais ces unités de choc, formées à la guerre classique, n'étaient pas entraînées à faire la police.

Quand les frères jumeaux et les généraux félons, enfermés dans le palais, apprirent que le peuple commençait à dresser des barricades dans les égouts, un ordre fusa :

— Qu'on balaie la racaille !...

Les chefs obéirent mais, au premier engagement, plusieurs de leurs soldats choisirent de déserter. Ils avaient de la famille en face.

Les combats les plus durs se déroulèrent en amont du pont d'Austerlitz, à proximité des voies ferrées et des anciens Moulins de Paris. D'un côté, le peuple en armes, encouragé par les proconsuls, de l'autre, les Vengeurs. Les rats qui tenaient les barricades étaient tous des mineurs de fond, armés de dents habituées à creuser, à piocher, à déblayer. Cette dentition fit merveille dans l'ouvrage défensif. Des malfrats du métro vinrent en soutien. Ils organisèrent des raids sanglants dans les phalanges des Vengeurs. Ils contournaient l'ennemi en passant par des itinéraires de surface avant de fondre sur lui et de disparaître aussitôt. La guérilla était leur jeu favori.

À l'arrière des barricades, une multitude de ratons et de rates s'affairaient pour acheminer les matériaux et les vivres. Partout éclataient des règlements de comptes. Les gouverneurs de province, les fonctionnaires qui levaient l'impôt, tous les notables des hautes castes durent faire face à des hordes de rats en colère. On les accusait d'avoir profité de l'absence du prince héritier pour trahir sa cause et se ranger du côté des Vengeurs qui ne songeaient qu'à défendre leurs privilèges.

Les nouvelles de la bataille, colportées sans souci de vérité, ne firent qu'accroître l'hystérie collective.

Dans le quartier général qu'ils avaient fait installer sous le square des arènes de Lutèce, les deux proconsuls s'efforçaient de conserver la maîtrise des événements. Privés de troupes, ils avaient fait appel au peuple. Mais un soulèvement populaire est par nature incontrôlable.

— Si ça continue, dit Goliath, on est bon pour l'exil... Le peuple s'attaque à l'aristocratie et... nous en sommes ! Que dira Coriolan s'il apprend le désastre ?

Darius resta muet. Il se passerait peut-être des jours et des jours avant qu'ils puissent communiquer avec le corps expéditionnaire. Darius était persuadé qu'Alcibiade avait tout manigancé avant son départ. Pour l'heure, les deux proconsuls étaient seuls en charge de l'empire et ils avaient déchaîné des puissances infernales pour sauver le trône.

— A-t-on des nouvelles de Socrate ? demanda soudain Goliath.

L'ambassadeur du Divin Brahma n'avait plus donné signe de vie depuis le début de l'insurrection. Les proconsuls avaient lancé des avis de recherche, interrogé les rares rescapés qui avaient pu fuir le sérail. Personne ne savait ce qu'il était advenu de l'Oriental.

— Si les Vengeurs s'emparent de lui, affirma Darius, ils nous le feront savoir. Ils exposeront son cadavre...

Socrate avait cru passer inaperçu sous son déguisement. Mais les vieilles rates déglinguées ne couraient pas les galeries du sérail. Surtout quand elles portaient un tatouage olfactif réservé aux pucelles du harem ! Des Vengeurs qui montaient la garde devant une réserve de grains vinrent renifler longuement cette créature insolite.

— Hou la vilaine grenouille ! fit l'un avec une mine de dégoût.

— T'as déjà rencontré une carcasse aussi molle ? fit un autre.

— Et qui se parfume comme une jeunesse ?... renchérit un troisième. Y en a vraiment qui ont le vice dans la peau pour entretenir des beautés pareilles !

La « beauté » en question dut essuyer une salve de crachats et une violente bourrade avant d'être autorisée à continuer sa route.

Socrate déambula longtemps. En fait, il tournait en rond. Incapable de trouver la sortie. Autour de lui, on saccageait et on s'égorgeait avec une ardeur communicative.

— Eh, toi, là-bas !... Oui, toi, viens nous cirer la couenne.

Socrate fit la sourde oreille. Mais les soldats qui l'avaient interpellé ne semblaient pas décidés à lâcher le morceau. Alors, l'ambassadeur du Divin Brahma, abandonnant toute dignité, se mit à détaler, le torse bien en ligne, d'une foulée incontestablement virile.

Sans savoir ni par où ni comment, Socrate se retrouva hors du sérail. Le reste du trajet, il l'effectua en compagnie d'un raton qui avait fugué pour aller se battre sur les barricades. Grâce à lui, l'ambassadeur du pontife partit faire la révolution. Ce fut l'expérience la plus ahurissante de sa vie.

Ayant miraculeusement survécu à cette épreuve,

il obtint de se faire conduire vers la montagne Sainte-Geneviève car le secteur passait pour être paisible. Là-bas, il fut aussitôt reconnu et remis aux proconsuls.

CHAPITRE 43

— À mon humble avis, vous auriez avantage à laisser les deux camps se fatiguer et se neutraliser. Après quoi, quand chacun aura regagné ses positions pour y reprendre des forces, vous passerez à l'offensive avec des troupes régulières. Pas pour mater la révolte populaire mais pour réduire les Vengeurs barricadés dans le sérail.

Proconsuls, généraux, ministres, tous écoutaient, fascinés, cet Oriental qui se faisait fort de gérer la crise. Son schéma tactique tenait debout.

— Comment les vaincre ? dit Goliath. Bien défendu, le palais est une citadelle inviolable.

— Pour l'infanterie, sans doute, mais c'est une arme dépassée. Moi, je propose un moyen très simple qui a fait ses preuves. On amène aux portes du sérail des fétus de paille, des morceaux de caoutchouc, de plastique, de tout ce qui peut brûler, et on y met le feu. On les enfume, quoi.

Les rats se grattaient les flancs. Ils n'avaient jamais incendié leurs terriers. À vrai dire, ils ne savaient pas allumer un feu.

— Je vous montre.

Socrate leur apprit les rudiments du scoutisme. Le frottement, l'étincelle, la petite flamme qui naît et qu'on attise en soufflant dessus, les braises à conserver. Un jeu d'enfant.

Sifflements admiratifs dans l'assistance. Car pour siffler comme des voyous, les rats se posaient là.

Darius émit une réserve.

— C'est une arme déloyale. Les hommes s'en servent pour nous exterminer. Sommes-nous pareils à eux ?

— Plus que tu ne crois, lui répondit Socrate. Alors, que décidez-vous ?

Le sérail tomba dans la nuit. Ses défenseurs, asphyxiés, se rendirent sans combattre. Les Vengeurs et leurs chefs, à la demande de Socrate, furent épargnés et placés en résidence surveillée. Les régiments et les officiers qui avaient pactisé avec les Vengeurs, renvoyés dans leurs quartiers.

Socrate ne put sauver la tête des frères jumeaux. Darius et Goliath les soupçonnaient d'avoir toujours été de mèche avec Alcibiade. Ils furent livrés aux loirs et décapités.

Puis, ce fut au tour du peuple de se soumettre. On lui promit d'examiner ses doléances et on l'invita à patienter. Le prince héritier serait bientôt de retour. Seul un Empereur pouvait accorder ce droit à la paresse qui avait enflammé les esprits.

Quant au Roi-de-rats, on lui conseilla la sagesse. Soit il consentait à revoir sa copie, soit on l'oubliait dans sa bétonneuse. Les Trente n'avaient qu'une hâte, reprendre leurs aises. Ils signèrent les yeux fermés.

Confinés dans leurs tanières, les Vengeurs, vaincus par les loyalistes, remâchaient leur dépit. Il leur avait manqué l'allié que leur avait promis Alcibiade avant son départ. Sargamatas et sa horde ne s'étaient pas portés au secours des insurgés. Leur défection avait tout fait rater.

Tapie dans les bois de Meudon, la horde de Sargamatas n'avait pas bougé. Sollicité dès les premières heures par les frères jumeaux, le borgne avait attendu que la situation se décante. Informé de la fuite des proconsuls, il avait encore demandé à réfléchir. Avec l'apparition des premières barricades, cette attente s'était transformée en fin de non-recevoir. Pour Sargamatas, les Vengeurs avaient perdu la partie en perdant l'appui du peuple.

Or le chef de la garde du régent devait garder intacte sa capacité de nuire.

CHAPITRE 44

« Scorpion Rouge à Nid de Guêpes. Daté du premier cycle de la cinquante-quatrième lune. Sur zone : activité intense à l'intérieur du fortin. Multitude de rats dégénérés parqués alentour. Effectifs impossibles à chiffrer. L'homme blanc a balisé des sentiers. Préparatifs suggérant attaque imminente. Répétons : attaque imminente. Autres renseignements suivent. Fin d'émission. »

Dans la salle des vents, l'ensemble du service fut mobilisé pour traiter en urgence le message annoncé. Tout semblait suspendu à cet envoi.

Un, deux, trois jours se passèrent sans qu'il y eut de nouvel envoi. Aucun message. Les proconsuls, occupés à remettre en marche les rouages de l'État, se tenaient informés à distance. Une semaine s'écoula. Toujours pas de nouvelles. Il fallut se rendre à l'évidence.

Scorpion Rouge avait cessé d'émettre.

L'attaque pressentie par le groupe d'espions avait bien eu lieu. Ils avaient vu juste. Sans voir au-delà.

Cette attaque les visait directement.

Réunis dans la salle des pendules, une cavité à demi inondée d'où émergeaient des boîtiers, des cadrans, des ressorts, des barillets et des pignons, butin amassé par Calixte, un vieux rat excentrique, féru de mécanismes d'horlogerie, Darius, Goliath, Socrate et une ribambelle de généraux et de notables conféraient en silence. La salle des pendules offrait un terrain propice à la réflexion. Située en dehors du sérail, dans l'île Saint-Louis, elle passait pour avoir inspiré des décisions bénéfiques à Jupiter dans les premiers mois de son règne.

Or la situation présente exigeait qu'on prenne la bonne décision. Une erreur de jugement aurait coûté trop cher à l'empire.

Goliath penchait pour envoyer un émissaire, par la voie terrestre, alerter le régent et le prince héritier.

— Il ne suffit pas de les mettre en garde, dit un général commandant une brigade de lemmings réputés pour leur vaillance... Nous devons les convaincre de renoncer à ce mariage et de rebrousser chemin sans attendre.

— Battre en retraite pendant la saison des pluies, intervint Darius, serait une folie. Le corps expéditionnaire a déjà enduré une traversée océanique — et nous ignorons tout des pertes qu'il a dû subir... Il ne pourra pas affronter une nouvelle épreuve. Sauf à risquer la déroute.

Seul rat à tenir le compte des poux qu'il portait

sur lui, Socrate ne s'était pas encore manifesté. Il jouissait, depuis les derniers événements, d'un grand prestige au sein de cette assemblée.

On lui avait attribué le titre d'Excellence. C'était l'obliger à ne pas déchoir. Il cessa de dénombrer ses parasites et prit la parole.

— Je ne vois qu'une solution : prier.

La proposition jeta l'assemblée dans un gouffre de perplexité. Les rats de Norvège n'avaient jamais prié de leur vie.

— Est-ce que prier, comme tu dis, a des effets magiques ?

Socrate passait pour un peu sorcier.

— Il paraît.

— Comment ça, « il paraît » ? fit Goliath. Il s'agit de sauver Coriolan... Alors, c'est vraiment efficace ?

— C'est selon qu'on y croit ou pas.

Silence gêné. Les rats d'Occident sentaient qu'il y avait dans cette réponse un mystère auquel ils n'avaient pas encore accès.

Darius préféra se fier à son instinct.

— Il faut lever une armée de secours, partir du côté du soleil levant, et faire vite. Par la route du nord, la saison nous sera favorable... Avec un peu de chance, nous arriverons à temps.

Vivats enthousiastes. Ils allaient guerroyer en terre étrangère, comme au bon vieux temps. Goliath exultait. Socrate, lui, retourna à ses poux. En son for intérieur, il n'avait jamais cru que prier soit d'un bon rendement pour un rat.

Les proconsuls lui demandèrent pourtant de garder la maison. Il n'y avait plus que lui pour maintenir l'ordre.

— Surtout, Excellence, n'oublie pas de mettre le Roi-de-rats sous cloche... Pas de blague ! Nous, on se charge des princes. Ils ont à se racheter. On trouvera à les occuper sur les flancs de l'armée et dans la reconnaissance en profondeur.

Socrate fournit les cartes. Il connaissait le chemin pour l'avoir emprunté à l'aller. Mais il avait voyagé seul. L'armée de secours comptait 50 000 rats, 20 000 mulots chargés d'acheminer les provisions, 2 000 lemmings, 100 hérissons et 300 musaraignes. Il était hors de question d'embarquer tout ce monde dans la soute à bagages d'un avion. Les hommes auraient tôt fait de repérer ces clandestins.

L'armée fut divisée en vingt-huit sections, chacune dotée des moyens capables de lui assurer une complète liberté de mouvements. Des unités mobiles feraient la liaison entre les sections. Les troupes seraient regroupées dans les montagnes blanches qui, sur les atlas humains, correspondaient au massif du Pamir. La région, sauvage, autorisait une concentration des effectifs. Ensuite, l'armée suivrait les rivières et le canal qui longeait l'Orient des sables pour rallier l'objectif.

La première des vingt-huit sections prit le départ en s'installant dans les wagons d'un convoi de minerai à destination d'Ostrava, en République tchèque. Le transport ferroviaire avait l'avantage d'être sûr et rapide.

Goliath marchait avec la section qui composait l'arrière-garde. Il fit effacer les traces qui auraient pu trahir leur passage. Devant lui, le gros de l'armée, derrière, le vide.

Personne ne devait les suivre.

Et personne ne les suivit.

Ils furent simplement accompagnés, de loin, sur un itinéraire parallèle au leur. Sargamatas était trop malin pour se mettre dans les roues des proconsuls. Il observa leur départ avant de se mettre lui aussi en route. Il avait l'intention de les gagner de vitesse.

Et, pourquoi pas, d'en finir avec eux.

Son maître, Alcibiade, verrait surgir avec plus de plaisir sa horde que l'armée des proconsuls venue porter secours au prince héritier.

CHAPITRE 45

À des milliers de kilomètres de Paris, les survivants de l'expédition conduite par Alcibiade et Coriolan avaient fini par atteindre le désert de Thar.

Rien ne prédisposait des rats d'égouts à crapahuter dans les sables du désert. Le terrain était sec, instable, roulait sous les pattes, crissait sous la dent, et le moindre souffle d'air vous envoyait des grains dans les narines. Quand ils avaient eu à cheminer à travers les rizières et les terrains marécageux, la route avait paru moins longue aux soldats harassés.

À l'approche du but, moins de 20 000 d'entre eux avaient survécu. Chiens errants, félins, serpents, rapaces avaient décimé les cohortes de fantassins qui bringuebalaient, de nuit, à travers les campagnes endormies.

Au moins pouvaient-ils maintenant se fondre dans les plis glacés du désert. Ils avançaient en file indienne, au creux des dunes, entre des touffes d'herbe sèche, attentifs aux odeurs des chacals et au grésillement des reptiles. Quand les yeux incandescents de ces prédateurs trouaient l'obscurité, il était trop tard.

Le régent, le prince héritier et leur suite se mêlèrent aux soldats, partageant leur mutisme, camouflant comme eux leurs odeurs, et rongeant des brindilles filandreuses pour tromper la faim. Humbles et puissants se trouvaient exposés aux mêmes dangers, souffraient d'un même abattement, traînaient les mêmes corps décharnés, pelés, fiévreux. Une longue colonne en proie aux calamités de l'exode.

Pourtant, un être gracieux survolait ces ombres enchaînées à l'instinct de survie. Yasmina semblait faite d'une autre étoffe que ses compagnons de route. Sa beauté ne l'avait pas quittée, ni sa fierté ni sa bonté. Elle encourageait les uns, secourait les autres, jamais irritée, jamais déçue. Lors d'une étape, Coriolan lui demanda :

— Quel est ton secret ?

— Je n'en ai pas. Mais, ne sachant d'où je viens, comment serais-je inquiète de savoir où je vais ? Il me suffit d'être avec toi.

Elle seule ne montrait aucune impatience alors que Coriolan désespérait parfois d'atteindre le but.

Alcibiade aussi. Les nécessités du commandement lui avaient fait oublier tout calcul politique. Arriver en vie était la seule chose qui comptait à présent. Ils avançaient chaque jour plus lentement. Et, s'ils avaient dû livrer bataille, l'enjeu aurait été de mourir plus vite et non de vaincre.

— Où sont-ils ?...

Les éclaireurs qu'Alcibiade lançait au-devant de l'armée pour défricher le terrain ne lui rapportaient aucun signe témoignant d'une présence des agents de Scorpion Rouge. Ces derniers avaient pourtant reçu l'ordre d'aller à la rencontre du corps expéditionnaire, ou d'émettre dans sa direction.

Aucun contact.

Devant eux, s'étendait une terre inconnue. Le temple ressemblait de plus en plus à un mirage.

— Et Lui, que fait-il ?...

L'homme à la langue coupée, l'ennemi implacable, guettait-il leur venue ? Alcibiade avait beau fouiller le sable à la recherche de son odeur, l'homme se dérobait à lui.

Un matin, alors qu'ils s'apprêtaient à s'enfouir dans le sable pour y prendre du repos et s'abriter de la chaleur, une escouade de lemmings revenant de patrouiller sur les crêtes donna l'alarme.

Les coupoles du temple étaient en vue.

CHAPITRE 46

L'arrivée des barbares souleva dans la cour et les vestibules de l'édifice religieux un vent de panique. Des guetteurs perchés sur les coupoles avaient aperçu la tête de la colonne qui progressait à l'horizon. Aussitôt, les milliers de rats sacrés qui lézardaient sur les dalles de marbre coururent se mettre à l'abri. La plupart n'eurent que le temps de sauter à l'intérieur de grandes jarres en terre cuite. Seul le Divin Brahma, entouré d'une poignée de dignitaires, vint se poster en haut de l'escalier de pierre qui menait à la porte du sanctuaire. Bien forcé d'accueillir les étrangers.

Il redoutait un raz de marée, un flot d'énergumènes vociférants, prêts à tout saccager sur leur passage. Mais il n'y eut qu'un rat pour venir se présenter à lui. Un rat encapuchonné de cuir comme un épervier de chasse. Sa coiffe partait en lambeaux. Le reste de sa personne ne valait guère mieux. Cet épouvantail aurait fait fuir le plus effronté des moineaux.

Le rat escalada péniblement les marches et, sans avoir repris son souffle, déclara :

— Je suis le héraut du prince, fils de Jupiter, héritier du trône de Siam et futur Empereur de la quatre-vingtième dynastie fondée par Sargon, seigneur du delta. Mon maître vous fait mille révérences et vous remercie de nous donner l'asile.

Le Divin Brahma considéra, ébahi, cette loque animale lui transmettre le bonjour des cousins d'en face. C'est à ces miséreux qu'il avait fait appel pour défendre son peuple !

Il y avait maldonne.

— Avez-vous fait bon voyage ? dit le pontife pour dire quelque chose.

Le héraut, qui n'avait plus qu'un filet de voix, murmura :

— Excellent, Monsieur.

Les rats d'Occident avaient leur fierté.

— À la bonne heure, s'exclama le pontife en pinçant les narines comme s'il avait eu à examiner une fiente d'oiseau... À la bonne heure... Eh bien, dis à ton maître d'approcher, je ne le mangerai pas !

Et le pontife se gondola. Rire n'était pas dans ses cordes, mais se tire-bouchonner, si.

Rassurés sur le compte des barbares, les rats sacrés refirent surface pour grimper aux balcons et prendre d'assaut les rebords des murs. Personne ne voulait manquer le spectacle.

Ce public faillit de nouveau déguerpir quand un

détachement d'avant-garde du corps expéditionnaire vint se ranger en carré devant le temple et répondre à l'appel de ses officiers.

Claquements de dents, queues tambourinant le sol, cris de ralliement des meutes de Norvège et de la horde impériale... Jamais les rats d'Orient n'avaient capté des ondes sonores aussi martiales.

Ce n'était que le début de la parade. En tête, s'avancèrent les éclaireurs, des rats caméléons dont le pelage tacheté d'ocre et de brun se fondait dans le paysage. Suivirent les hérissons, encadrés par un corps d'élite : des rats d'égout immunisés contre la plupart des appâts toxiques. Puis le gros des troupes en formation de combat : sapeurs des carrières de Soissons et de Montmartre, reconnaissables à leurs incisives noires, chefs des clans sardes et nageurs des îles Lipari. Fermant la marche, les grenadiers du sérail, des surmulots recrutés parmi les descendants des rats géants de Java.

20 000 rats gris. Maigre contingent. Mais dans cette enceinte consacrée par les dévots de Jinah à leurs divinités sereines, le défilé de l'armée barbare fit l'effet d'un séisme.

Le Divin Brahma se gratta le nez. Il ne distinguait pas dans ce troupeau la silhouette du prince héritier, son futur gendre.

Ce fut Alcibiade, le régent, qui s'avança vers lui le premier. La rangée des soldats s'écarta pour lui céder le passage. Le bel Alcibiade, en cet instant solennel, avait repris du poil de la bête. Transfiguré par l'événement. Sa morgue figea le pontife dans une posture défensive. Il ignorait l'existence de cet athlète.

Alcibiade bondit à la rencontre du Divin Brahma

comme s'il allait lui trancher la gorge. Il s'arrêta à sa hauteur et se dressa sur ses pattes pour mieux le dominer. Puis il lui envoya dans le museau une odeur de lait caillé.

— Tu as devant toi le chef des armées impériales, merci de t'en souvenir.

Ce préliminaire accompli, le régent ajouta dans un langage compréhensible par tous.

— Grâce te soit rendue, Grand Précieux, pour ton accueil.

Le Divin Brahma ne daigna répondre à ce compliment que du bout de la langue. Puis il demanda :

— Où est le prince ?

— Je suis là !

Coriolan, maintenu à distance par l'escorte que lui avait fournie le régent, avait dû s'en extraire de force pour se faire entendre. Il accéda à son tour en haut des marches et, saluant le pontife d'un hochement de tête, dit :

— Je prie le régent de nous laisser seuls un moment. J'aimerais m'entretenir avec toi, Grand Précieux.

Alcibiade ne voulait pas s'effacer si vite.

— Mon prince, tu oublies que tu restes sous ma protection, ici comme dans le sérail... Alors, ne t'éloigne pas trop de moi.

— Aimable seigneur, dit le pontife en gratifiant Alcibiade d'un regard patelin, tu n'as rien à redouter de ma race. Cet enfant veut me parler, où est le danger ?

Et, d'une poussée de l'épaule, il entraîna Coriolan derrière un pilier.

De leur échange, rien ne transpira qui pût être compris des autres rats.

CHAPITRE 47

Habitués à vivre dans l'opulence, les rats sacrés ne comprenaient pas pourquoi ils devaient faire de la place à des barbares. Le Divin Brahma n'avait qu'une parole.

— On ne fait pas coucher dehors ses hôtes.

— Mais ils puent, Grand Précieux, et en plus ils font du bruit.

— La paix, vous autres ! répliqua le pontife. On installera leurs chefs dans la galerie des petits kiosques...

Ladite galerie, surmontée de minuscules pavillons, menaçait ruine mais on y jouissait d'une vue imprenable sur le désert.

— ... Les autres seront logés dans la chapelle de l'Araignée Conciliatrice.

Cette sage décision fit l'unanimité. L'Araignée Conciliatrice était la plus mal lotie des divinités du temple et son autel à demi écroulé dispensait un courant d'air pestilentiel qui en avait tué plus d'un.

— Qui va les nourrir ?

Les dévots avaient fait vœu de subvenir aux besoins des rats sacrés, pas d'engraisser des barbares.

— Ils sont habitués à manger les restes, déclara le pontife. Comme nous laissons pourrir les trois quarts de ce qu'on met dans nos écuelles, je ne vois pas le problème.

Il ne s'en posa aucun. Le corps expéditionnaire intégra ses nouveaux quartiers avec l'impression de loger au paradis et dévora les restes en poussant des soupirs d'extase.

Les rats d'égout firent à la fois l'apprentissage du luxe et des bonnes manières. Même les soldats d'Hannibal cédant aux délices de Capoue n'avaient pas connu pareille abondance et pareille félicité.

Sans compter que les Orientaux savaient aussi s'amuser. Le jeu, dans l'Empire, était un privilège réservé aux rats de la caste aristocratique. Mais ici, tout le monde trouvait à se divertir. C'était même une obligation.

Les joutes équestres faisaient partie des loisirs favoris des autochtones. Les mâles servaient de montures aux femelles. Le jeu consistait à désarçonner la cavalière. La perdante recevait alors un gage. Le plus souvent, on la lapidait. Les rats sacrés, du moins ceux des couches inférieures, n'avaient pas une âme aussi sensible que celle d'un Socrate qui appartenait, lui, à la caste des prêtres.

Les rudes guerriers d'Occident venus assister à ces tournois furent d'abord choqués par ces chevauchées qui ressemblaient à des copulations à l'envers.

— Ridicule ! Honteux !...

Ils changèrent d'opinion quand on leur offrit de servir de monture, et même de monter à leur tour. Malice des Orientaux.

Alcibiade dut intervenir auprès du pontife pour faire cesser le scandale. Ses soldats commençaient à s'entre-tuer gratuitement, sous les encouragements narquois du public indigène.

Avec le Divin Brahma, Alcibiade s'aperçut rapidement qu'il n'aurait pas la partie facile. Apparemment tout de paix et de fraternité, ce despote qui n'avait pas besoin de faire couler le sang de ses sujets pour être obéi, se montrait cruel en privé.

Tout lui était dû. Il se considérait comme le nombril du monde et n'en faisait pas mystère. Ce qui avait le don d'exaspérer Alcibiade, régent d'un empire planétaire.

— Je n'ai de comptes à rendre ni à mes électeurs ni à mon peuple, affirma un jour le pontife... J'exerce un magistère d'essence divine. Ma sagesse l'emporte sur tous les pouvoirs terrestres.

— Ça se peut, rétorqua Alcibiade qui ne savait rien de l'essence divine et s'en fichait royalement, mais sans vouloir t'offenser, Grand Précieux, mon pouvoir à moi se chiffre en milliards de rats et en millions de soldats prêts à mourir sur mon ordre.

Le Divin Brahma ne répondit pas à cet argument mais il s'approcha d'un petit tas de poussière et souffla dessus pour l'éparpiller dans un nuage. Ce qui fit éternuer Alcibiade.

C'était là tout ce que pensait le pontife du pouvoir du régent.

Malgré tout, le lendemain, il réunit ses conseillers et les interrogea longuement sur l'art de la guerre. À la fin du colloque, le Divin Brahma se proclama généralissime et ordonna qu'on lui fournisse des troupes avant la prochaine lune.

Deux semaines plus tard, tandis que l'armée organisait ses quartiers, 10 000 rats sacrés, recrutés de force, apprenaient à marcher au pas, à manier la catapulte, la baliste et le pétard à mèche. Pour les encourager, les joueurs de luth et de tambourin qui animaient jusqu'alors les orgies pontificales composèrent des chants virils. La jeune troupe reçut un uniforme rutilant. Les pelages furent saupoudrés d'or et les dents taillées en pointe de diamant. Il fut aussi question de doter les officiers d'une cotte de mailles, de ferrer les pattes des fantassins et de lester leur appendice caudal d'un embout plombé. Mais les rongeurs, ainsi caparaçonnés, se seraient fait semer par un escargot. On se contenta de coiffer les porteurs d'enseigne d'une plume d'outarde.

Puis l'on exhiba cette puissance militaire. Tous les barbares furent conviés à l'événement. Les régiments du pontife défilèrent en musique dans la cour centrale. C'était agréable à l'œil et à l'oreille, et les invités saluèrent poliment la démonstration. Alcibiade, que ce folklore amusait, proposa au pontife d'organiser une joute amicale pour juger des progrès accomplis par son armée.

Le match opposerait un millier de rats dans chaque camp. La rencontre aurait lieu sur un terrain plat, au pied des dunes. La règle était simple : les deux équipes seraient rangées l'une en face de l'autre sur deux lignes de profondeur. Le gagnant serait celui qui réussirait à enfoncer la deuxième ligne adverse.

Coriolan émit des réserves sur le principe de la rencontre. Il pressa le Divin Brahma d'y renoncer.

— Mon garçon, lui répondit ce dernier, il ne s'agit pas de se faire la guerre mais d'endurcir de jeunes corps et d'offrir à nos peuples l'occasion de mieux se connaître. La fraternité des armes, c'est quelque chose, non ?

Coriolan pensait exactement le contraire mais les Orientaux devaient s'en convaincre par eux-mêmes. Il laissa donc faire tout en refusant d'assister à ce combat. Pour lui, le résultat ne faisait aucun doute. Score final : 1 000 à 0. Ou 999 contre 1 si le régent voulait bien se montrer *fair-play*.

La partie s'engagea comme l'avait prévu le prince. Sans préambules. La meute des rats gris se rua vers l'adversaire en hurlant : « Mort aux tondus ! » (les moines du temple portaient le poil ras)...

quand les autres consultaient encore le manuel olfactif qui leur avait été fourni avant de monter en ligne.

— Je proteste, dit le pontife à l'adresse du régent qui se tenait à ses côtés... Attaquer dès le coup d'envoi, sans faire le signal convenu, c'est de la triche !

— Trop tard, fit Alcibiade en affichant un air contrit.

Devant eux, 1 000 rats sacrés venaient de se faire moissonner en moins d'une minute. Couchés dès le premier assaut.

Les vainqueurs eux-mêmes semblaient désemparés. La première ligne adverse s'était volatilisée au premier impact, et la seconde par effet de souffle. Frustrant. Chez les rats gris, pas une égratignure. En face, une jonchée de cadavres.

— Désolé, dit Alcibiade. La prochaine fois, vous bénéficierez d'un handicap en votre faveur. Vous en alignerez 1 000 et nous, 10, et... Je leur crèverai les yeux pour que ça reste équitable.

Coriolan n'eut aucun mal à persuader le pontife de jeter l'éponge et de renvoyer ses soldats dans leurs foyers.

Alcibiade commençait à s'impatienter. Depuis deux lunes, ils se gobergeaient, lui et ses troupes, dans cet enclos, sans qu'Omphale ait daigné paraître.

Coriolan lui-même n'avait pas encore vu la pucelle. Le pontife fit monter les enchères.

— Je peux t'appeler « fils », pas vrai mon garçon ? Tu seras bientôt de la famille... Entre nous, fils, ce régent, c'est de la vermine... Une bête sauvage... On est bien d'accord ?

Coriolan l'était, mais il attendit la suite.

La suite faisait du Divin Brahma l'égal de l'Empereur et de l'actuel régent un mort en sursis.

— À nous deux, fils, nous serons les maîtres du monde. Toi, tu feras plier les corps, et moi, les têtes.

— On s'est mal compris, répliqua Coriolan. Je suis venu vers toi parce que je veux instaurer la paix dans ce monde et non parce que je cherche à le dominer. Mon mariage avec ta fille est un acte symbolique. Il scelle une alliance entre des rats depuis toujours en guerre avec les hommes et des rats qui vivent en harmonie avec eux. Pour moi, c'est un poids de plus pour faire pencher la balance du côté de la raison et du respect d'autrui.

— Tu oublies qu'un homme a violé ce sanctuaire et commis le sacrilège d'enlever des innocents !

— Je le sais. Et je te conseille de ménager Alcibiade. Il est aussi fourbe en politique que courageux et inspiré dans la conduite d'une armée. Même si je désapprouve le recours à la force, je ne suis pas naïf au point d'ignorer que nous sommes toujours en état de guerre avec certains hommes. Ton peuple a besoin d'être défendu et le régent sait se faire obéir de nos soldats.

Le Divin Brahma hocha la tête, à demi convaincu. Puis, changeant de physionomie, il lança d'un ton enjoué :

— Si tu veux bien, Coriolan, allons voir ma fille. Omphale se meurt de ne pas avoir encore rencontré son prince.

CHAPITRE 48

Ils se tenaient l'un contre l'autre, silencieux, déjà complices. La nuit confondait leurs ombres avec celles des bas-reliefs qui ornaient les piliers du vestibule. Omphale avait accoté sa tête sur le cou de son fiancé. Les effluves émanant de leur chair les nimbaient d'une clarté sereine.

Yasmina, blottie derrière une cloison ajourée donnant sur le vestibule, épiait le couple depuis de longues heures. Son odorat enregistrait chaque modulation de leur souffle, et pénétrait dans leurs pensées les plus intimes.

Ces deux cœurs battaient à l'unisson.

Yasmina sentit le sien près de se rompre devant cette évidence.

Omphale lui paraissait si belle, si raffinée, si élégante dans sa robe d'ambre gris, avec ce liseré d'écume blanche qui frisait le long de sa nuque... Elle était potelée, mais ses rondeurs devaient la rendre aimable au toucher comme au regard. Elle ressemblait à une jolie grive échappée de l'ombre d'un bosquet. Et elle avait plus d'esprit que toutes les courtisanes du sérail réunies.

Le combat eût été inégal si Yasmina s'était montrée jalouse. Mais elle ne céda pas à cette pulsion. Coriolan méritait cette pucelle de haute naissance. Si seulement, il avait pu manifester un peu moins de tendresse dans cette circonstance, Yasmina n'aurait pas tant souffert en devinant chez lui des sentiments qu'elle avait fait naître et dont une autre profitait.

Yasmina allait se retirer quand un rayon de

lune vint révéler sa présence aux gardes chargés de veiller sur le prince. Ils s'étaient postés en retrait du porche, à hauteur de la cloison qui dissimulait la silhouette de Yasmina. Un des gardes bondit vers la jeune rate en émettant une phéromone d'alerte. Yasmina n'eut pas le temps de s'enfuir ni de se faire reconnaître discrètement de la sentinelle. Ses compagnons accouraient déjà en ameutant la place.

— Qui a osé ? demanda Coriolan en fouillant des yeux l'obscurité.

Il ne distingua rien, pas même à l'odeur. Son escorte s'était regroupée pour faire rempart. Au-delà, la confusion régnait.

Le garde s'empara de Yasmina. Il avait ordre d'intercepter quiconque serait surpris dans les parages. Sa proie se débattait. Yasmina, épouvantée à l'idée d'être découverte, se mit à griffer et à mordre son assaillant. Il lâcha prise. Elle se crut sauvée... Avant qu'Alcibiade, qui maraudait à proximité, ne lui tombe dessus, l'immobilisant pour de bon.

Elle se sentit perdue. Rien n'effacerait sa honte d'avoir été surprise en ces lieux. Et par son pire ennemi.

Le régent, lui, n'en revenait pas. D'avoir cette petite grue entre ses pattes lui procurait une joie sadique. Il la saisit à la gorge et serra... Yasmina perdit connaissance.

Un champ d'étoiles coupé d'éclairs sanglants. Puis un bourdonnement de mouches vertes. Puis une tache sombre qui allait en s'élargissant avant de se dissoudre dans une gerbe d'étincelles. Puis de nouvelles étoiles, moins brillantes. Puis plus rien.

Yasmina n'émergeait du coma que pour y sombrer de nouveau.

— Si elle ne revient pas à la vie, je t'écorcherai vif et je te plongerai dans un cercueil de sel !...

Coriolan proféra sa menace en appliquant son museau contre celui du régent.

Près d'eux, la jeune rate oscillait, inconsciente, au bord du néant. Alcibiade l'avait sauvagement étranglée. Quand sa victime fut amenée aux pieds de Coriolan, le prince, fou de chagrin, ordonna l'arrestation immédiate du régent, les gardes hésitèrent un instant mais la colère du prince était telle qu'elle conditionna leurs gestes. Alcibiade n'opposa d'ailleurs pas de résistance.

Omphale se frottait au corps inanimé de Yasmina pour tenter de la ramener à la vie. Elle n'avait pas eu à s'interroger pour lui porter secours. Coriolan la relaya dans ses efforts. Yasmina finit par entrouvrir la bouche, laissa échapper un gémissement et revint doucement à elle. Coriolan demanda qu'on les laissât seuls, à l'exception d'Omphale.

Alcibiade recouvra sa liberté sur-le-champ.

Yasmina ne put que murmurer :

— J'ai soif...

Omphale la fit boire. Ensuite, chacun garda le silence.

Le jour commençait à poindre. Un pas se fit entendre du côté de la cour intérieure. Le dévot de la nuit quittait le sanctuaire après avoir déposé son offrande. Le « vêtu de blanc » avait prié plus longtemps que ses frères. Un voile couvrait son visage.

Alcibiade, du fond de son terrier, fut le seul à guetter ce pas traînant et à le suivre jusqu'au porche d'entrée, avant que le sable n'étouffe le bruit des sandales que portait le visiteur. Il avait repéré chez ce spectre une odeur qui lui était familière. Une odeur de fer galvanisé.

« Si cet homme est un adorateur des rats, je veux bien me faire arracher les dents... », pensa Alcibiade. Mais il le pensa très bas pour ne pas éveiller l'attention de ses congénères.

Le pontife fut informé le lendemain qu'Omphale et Coriolan s'étaient trouvés à leur goût, que la noce se déroulerait à la prochaine lune montante, et qu'on solliciterait sa bénédiction. Il apprit aussi qu'Omphale avait obtenu du prince que la jeune Yasmina, courtisane de premier rang du harem impérial, accède à la qualité de dame d'honneur de la future impératrice.

C'était la traiter comme une sœur chérie.

CHAPITRE 49

Roucoulez, mes colombes, Alcibiade fait le nid du serpent...

J'ai subi assez d'avanies pour n'avoir aucun remords. Le bâtard, ce gros lard de pontife et sa fille débile, toutes ces caricatures de rats viendront bientôt se rouler à mes pieds pour avoir la vie sauve. Ils ne l'obtiendront pas.

Ce temple sera leur tombeau.

L'homme ne tardera plus à se jeter dans la bataille. J'en espère un massacre.

Je suis enfin servi par la chance : Sargamatas a survécu. Il court me rejoindre avec sa horde.

J'ai conçu une manœuvre diabolique, un chef-d'œuvre de fourberie. Une mise à mort digne de l'antique tauromachie. Mais, dans cette arène, c'est l'homme qui donnera le premier coup de corne. Moi, j'attendrai que le sable ait épongé tout le sang de la noce pour porter l'estocade.

À la lune montante, l'Empire aura un nouvel Empereur.

CHAPITRE 50

— 24... 25... 26... Où sont passés les autres?

Darius refit son compte. Résultat identique. Sur les vingt-huit sections engagées au début de la campagne, deux s'étaient perdues en route, victimes d'une erreur d'aiguillage.

— D'après mes observations, dit Goliath, ils ont piqué à travers les steppes, vent de dos. On ne les reverra pas de sitôt.

— Pas question de les attendre, trancha Darius. En route!

Les troupes qui s'étaient concentrées dans les montagnes blanches, sur la frontière afghane, s'ébranlèrent au crépuscule dans la direction de l'Indus, le grand fleuve qui sépare l'Orient perse de l'Inde. Après avoir sillonné les pentes enneigées des confins du Cachemire, l'armée des proconsuls redescendit vers les plaines du Pakistan où règnent les températures les plus chaudes de la planète.

Ils marchaient de nuit pour échapper à la fournaise et se cacher des hommes. Aux champs irrigués succédèrent des terres de plus en plus sèches et arides. Darius fit égorger les mulots qui servaient de bêtes de somme pour fournir de la viande à ses soldats. Puis le sable commença de recouvrir les étendues caillouteuses qui bornaient le désert de Thar. Harcelés par les vautours à col blanc et les serpents qui pullulaient dans la région, les rats durent resserrer les rangs. Leur colonne zigzaguait entre les pentes sableuses, les rochers aux arêtes vives et les souches d'acacias sous lesquelles les renards du désert creusaient leurs terriers. Les rats se sentaient de plus en plus petits dans ces ténèbres glaciales, au milieu des rugissements des hyènes rayées.

Quand se leva le vent de sable, l'armée de secours perdit pied. La tempête souffla plusieurs jours. Plaqués au sol, les rats gris ne durent qu'à leur instinct de fouisseur de ne pas mourir asphyxiés. Mais la colonne fut dispersée.

Au sortir de ce cauchemar, Darius rassembla les débris de l'armée tandis que Goliath partait en reconnaissance avec un détachement de lemmings. Ils poussèrent jusqu'aux ruines d'un ancien fort, bâti sur un piton rocheux. L'endroit était inhabité. Le gros de l'armée, sur les indications de Goliath, parvint à rallier ce repaire et à s'y barricader.

Goliath était d'avis de laisser aux soldats le temps de souffler avant de continuer. Darius refusa de prolonger la halte.

— Nous sommes tout près du but, il faut poursuivre coûte que coûte !

— Si tu ordonnes le départ, dit Goliath, la moitié des soldats vont se mutiner. Ils n'en peuvent plus.

— Alors, laisse-moi partir en avant rejoindre

Coriolan. J'emmènerai avec moi un groupe d'éclaireurs.

Le détachement, fort d'une dizaine de volontaires, s'éloigna du fort au coucher du soleil. Darius se guidait à l'odorat. Il suivit des pistes empruntées par les rats du désert. Il espérait en rencontrer pour obtenir des informations sur leur position exacte et sur la distance qui le séparait encore du temple. Mais les indigènes s'enfuyaient à l'approche des rats gris. Ils en avaient peur.

Il y avait de quoi.

Peu de temps auparavant, d'autres rats avaient déferlé sur leur territoire, pillant et massacrant tout sur leur passage.

Darius ignorait qu'il courait au-devant de Sargamatas et de sa horde.

Car le borgne l'attendait.

Sargamatas n'eut pas besoin de tendre une embuscade. Le proconsul et sa petite troupe n'avaient pas repéré ses traces. Ses 10 000 tueurs leur tombèrent dessus sans crier gare. Darius fut capturé.

L'émissaire se fit annoncer du haut d'un rocher que surplombait l'un des bastions du fort. Il ignorait le mot de passe mais portait le matricule olfactif des soldats du corps expéditionnaire parti avec Alcibiade et Coriolan.

Il affirmait être porteur d'un message émis par le régent.

Goliath lui envoya une escorte et fit boire et manger ce coursier qui montrait de grands signes d'épuisement. Puis il le reçut dans son terrier.

— Qui t'envoie ?

— Le régent, général en chef des armées du Nord, et le prince héritier. Le proconsul Darius a été trouvé moribond près du temple, sans doute attaqué par des chiens errants. Malgré ses blessures, le proconsul a pu informer Monseigneur de votre position et de l'état de vos forces.

À l'annonce de cette nouvelle, Goliath tressaillit.

— Est-il mort ?

— Vous voulez parler du proconsul ?...

— De qui d'autre ! rugit Goliath.

— Que Votre Seigneurie soit rassurée. Le proconsul a reçu des soins excellents et il se repose... Mais je n'en ai pas terminé. Je dois vous transmettre les ordres du grand quartier général.

— Je les connais, tes ordres... « Restez sur place, on viendra vous chercher après la bataille. » Et c'est signé : Alcibiade, régent de l'Empire.

L'émissaire parut interloqué.

— Comment le savez-vous ?

— Pas besoin d'être devin pour prévoir les ordres du régent. Il veut les honneurs pour lui seul... Êtes-vous en train de mener une guerre là-bas ?

— Elle a déjà eu lieu, et pour la gloire des nôtres. Mais je n'ai pas reçu la consigne de vous en faire le rapport. Seulement de vous dire ce que vous m'avez ôté de la bouche. À savoir que vous devez défendre vos positions jusqu'à nouvel ordre.

— C'est ce qu'on va voir... Bon sang de belette ! C'est ce qu'on va voir... Toi, tu restes. Et c'est mon ordre. Quant à moi, je vole au secours du prince et plus vite que tu ne voleras jamais, chien de prairie !

Goliath ne soupçonna pas que ce messager docile s'était parfaitement acquitté de sa mission. Sargamatas lui avait envoyé ce leurre sur les conseils du régent...

Goliath confia le commandement de l'armée de secours au plus âgé de ses officiers comme l'exigeait le règlement, et quitta la place forte avec un peloton de voltigeurs. Il n'avait pas hésité à secouer l'émissaire pour obtenir de lui la route à suivre jusqu'au temple.

L'émissaire s'était montré coopératif. Il avait craqué dès la première gifle.

Quelques heures plus tard, Sargamatas fit prisonnier Goliath comme il l'avait fait de Darius.

Captifs, tous les deux.

Darius se montra furieux quand Goliath l'eut rejoint dans son trou.

— Tu t'es fait avoir comme un perdreau !

L'autre, à moitié assommé, fit semblant d'être tout à fait mort.

Darius n'eut pas le cœur d'accabler davantage son vieux compagnon d'armes. Morts, ils le seraient bientôt. Sargamatas n'avait pas la réputation d'épargner ses prisonniers. Pas plus qu'Alcibiade.

Le drame était d'avoir accompli tout ce chemin pour rien et d'avoir abandonné à leur sort des dizaines de milliers de vaillants soldats. Légions perdues. Proies déjà convoitées par les sables et la soif. À ces malheureux, qui porterait secours ?

Sargamatas fit jeter les proconsuls dans un puits asséché. D'y tomber ne les tua pas car le sable l'avait en partie comblé. Mais leur chute réveilla le propriétaire des lieux.

Un cobra à tête noire.

CHAPITRE 51

Il couchait au milieu d'eux, buvait l'eau saumâtre qu'il versait dans leur abreuvoir, mangeait la paille de riz dont ils se goinfraient, mêlait ses excréments aux leurs, et partageait leurs poux. Hirsute, barbu, la peau croûteuse, à demi nu, l'homme était devenu leur dominant, le chef de meute. De son humanité ne subsistait plus que l'éclat d'un regard démoniaque.

David Quasar avait achevé sa propre mutation. Au fil des semaines, tandis qu'il produisait de plus en plus vite, et en nombre toujours plus grand, ses rats transgéniques, son hygiène, ses habitudes alimentaires, tous ses réflexes d'être civilisé subirent des altérations irréversibles. David Quasar bascula de l'autre côté du miroir.

Quasar n'avait plus conscience du mimétisme qui l'identifiait chaque jour davantage à ses rats.

Les créatures qu'il avait fabriquées subissaient son ascendant hypnotique et lui obéissaient aveuglément. Leur système nerveux s'était connecté au sien. Quasar et ses pygmées murins ne formaient plus qu'un agrégat pulsionnel. Une pieuvre aux tentacules innombrables. Un essaim furieux et vorace.

Cette entité bourdonnante tapissait le sol et les murs de la cour intérieure. Il en venait de partout, de tous les casiers que David Quasar avait ouverts après y avoir enfourné les nouveau-nés qu'il produisait à la chaîne depuis des mois. Ces larves s'étaient à peine développées. Des avortons à la peau translucide, au duvet blanc sale, à la gueule étroite, dépourvus d'instincts naturels, mais qu'aucune bombe au napalm, aucun épandage toxique, aucun projectile n'aurait pu détruire.

Un après-midi, l'homme s'extirpa du troupeau pour rompre le dernier fil qui le reliait à lui-même. Il pénétra dans les pièces de la maison où il avait vécu jusqu'alors, rassembla ses affaires : vêtements, dossiers, instruments de travail, caisses et cantines, les porta à l'extérieur du fortin, près du 4 × 4 Toyota dont il n'aurait plus l'usage, s'empara d'un jerricane d'essence, en répandit le contenu sur le sol, et craqua une allumette...

C'était mettre le feu à sa mémoire.

Les flammes vinrent lécher les murs des ruines alentours et une épaisse fumée noire s'éleva au-dessus des cordons de dunes qui enserraient l'ancien village. À la tombée de la nuit, le brasier crépitait encore. Sa lueur était visible à des kilomètres à la ronde.

Sargamatas et sa horde qui se dirigeaient vers le temple ne virent pas le halo rougeoyant dans l'échancrure des dunes, mais l'odeur du bûcher vint exciter leur bulbe olfactif. Ce fut plus fort qu'eux. Ils dévièrent de leur route et s'approchèrent du village. Le borgne avait flairé le danger mais sa troupe, éprouvée par le long périple qu'elle venait d'accomplir, avait besoin de nourriture. Un feu annonçait un bivouac, un campement, et peut-être une pièce de viande rôtie.

Sargamatas se fit menaçant. Il sentait ses légions lui échapper alors qu'ils touchaient au but. Il avait communiqué par phéromones avec le régent après la capture des proconsuls. Ses relais étaient en place. Les ordres convenablement transmis.

Mais le feu attirait les rats, irrésistiblement.

Sargamatas demeura en arrière, seul, ivre de

rage, tandis que ses 10 000 prétoriens se précipitaient comme des papillons de nuit vers le foyer lumineux.

Leur chef ne put rien voir de cette ruée vers les flammes. La lueur en disparut soudain. En revanche, il entendit un vrombissement sourd suivi d'un concert de râles et de cris d'effroi.

Le borgne prit aussitôt la fuite.

Peu avant le lever du jour, il revint prudemment sur ses pas et se risqua jusqu'aux abords immédiats du village. Les traces laissées par sa horde s'arrêtaient net au pied des dunes, devant un petit cratère recouvert de cendres. Les 10 000 rats s'étaient volatilisés.

Sargamatas, effaré, se retira en rampant vers une crête pour tenter de lancer un message de détresse.

CHAPITRE 52

Le yogi, disciple d'une secte hindoue, musicien, jongleur et danseur itinérant, s'accroupit au bord de la fosse. Il tenait à la main un long bâton torsadé. Depuis cinq jours, il parcourait le désert à la recherche du serpent qu'il comptait exhiber à Jaipur, lors des fêtes religieuses, au milieu des acrobates, des chevaux, des dromadaires et des éléphants qui défilaient derrière l'effigie de Shiva.

Le bâton vint frapper les parois du puits ensablé puis fouilla sa pénombre en tournoyant lentement dans les airs. Le yogi murmura des formules incantatoires. Il avait appris de son père à charmer les serpents et jamais aucun d'eux n'avait planté ses crochets venimeux dans sa chair. D'habitude, l'animal sortait de son trou et se dressait devant lui, méfiant. Le face à face pouvait durer de longues minutes avant que le yogi n'esquisse un premier geste d'approche, un geste franc, ni caressant ni brusque. Dans l'attente du serpent, il se saisit de la flûte, la porta à ses lèvres, et produisit des sons faits pour bercer et soumettre le reptile qui doucement ondule et se déploie comme une algue des mers chaudes.

Mais cette fois, ce fut un petit cri suraigu qui répondit aux avances de l'homme. Intrigué, il se pencha au-dessus du puits et chercha à distinguer ce qu'il y avait au fond. Il tendit alors son bâton et eut la surprise de discerner à son extrémité deux formes sombres venues s'y agripper. Il retira le bâton… Le charmeur de serpents venait de pêcher deux gros rats. Ils s'accrochaient à cette sorte de gourdin avec l'énergie du désespoir.

Le serpent ne tarda pas à se montrer à son tour. Un cobra à tête noire. Ce client n'avait pas craché tout son venin. Le yogi laissa de côté les deux misérables créatures qui venaient de choir dans le sable et fit son métier. Une fois le cobra rentré dans le panier, le yogi daigna s'intéresser aux rongeurs. Il n'en avait jamais vu de cette taille dans le désert. Ils ne semblaient pas agressifs, plutôt apeurés. Il les ausculta de ses doigts maigres. Aucun des deux rats n'avait reçu la morsure fatale. Ils étaient seulement épuisés par la lutte qu'ils avaient dû livrer au fond du puits.

Le yogi compatit à leurs souffrances. Il les soigna, leur offrit de l'eau et quelques fèves, avant de les quitter en les recommandant à Ganesh, le dieu éléphant, le dieu de l'intelligence et de la force raisonnée, qui avait choisi un rat pour monture.

Darius et Goliath n'étaient pas encore remis de leurs émotions quand l'ombre de l'homme qui leur avait sauvé la vie disparut de leur champ de vision et les rendit à la lumière aveuglante du désert. Darius fut le premier à s'enfouir dans le sable pour y chercher refuge. Goliath l'imita.

À leur réveil, la nuit n'était pas encore tombée. Ou alors, c'était déjà un autre jour. Le ciel était blanc, la chaleur intense.

Ils se mirent en marche.

Ils avançaient comme des chenilles.

— On va crever, dit Goliath à bout de forces.

Darius ne répondit rien. Sa langue avait enflé démesurément.

Soudain, Goliath dressa le museau. Il avait perçu quelque chose.

Un mirage.

Pas un de ces reflets trompeurs que la réverbération produit à la surface du sol et qui fait croire à l'existence d'une nappe d'eau, mais un mirage odorant.

— Tu sens ?... Darius !...

Darius avait lui aussi capté les effluves mais il n'osait pas y croire.

Quelques instants plus tard, surgie de nulle part, apparut une silhouette chancelante. La silhouette d'un humain venant à leur rencontre.

Ami ou ennemi ?

L'homme marchait avec peine. Il était voûté et portait une ample tunique effrangée par l'usure. Un fantôme égaré dans la pleine clarté du jour.

Il était tout proche maintenant et les rats pouvaient distinguer les traits émaciés d'un vieillard, son cou flétri, ses bras grêles... Il portait un sac en bandoulière.

L'homme s'arrêta brusquement de marcher, posa sa besace, et considéra les rongeurs qui lui faisaient face. Ces derniers avaient adopté une posture agressive. Prêts à mordre.

Mais, à leur grande surprise, ils furent apostrophés dans leur langage olfactif...

— Voilà une curieuse façon de saluer un ami !

L'homme connaissait leur odeur. Tout comme eux, il était capable d'émettre des phéromones réservées aux hautes castes du sérail.

Darius et Goliath crurent à cet instant que la soif avait fini par les rendre fous.

— Autant mourir en combattant, dit Goliath...

Ils sortirent les crocs.

Imperturbable, l'homme ignora ces menaces et retira de son sac un coffret en bois qu'il plaça sous le nez des rongeurs. À peine l'eurent-ils flairé que Darius et Goliath bondirent en arrière.

Ce qu'ils venaient de sentir les fit trembler de crainte et de respect.

L'homme s'accroupit devant eux. Il se passa plusieurs fois les mains sur le visage pour chasser la fatigue et parvint à esquisser un sourire bienveillant.

— Je ne suis pas venu seul, dit-il.

Derrière lui, le sol se mit à vibrer et un fourmillement noir vint grignoter le haut d'une dune.

Les deux rats poussèrent des cris de joie. Ils venaient de reconnaître les troupes armées qu'ils avaient laissées dans la forteresse.

Tadeuz Karoly avait trouvé sur son chemin ces soldats désemparés, les avait réconfortés et conduits jusqu'à leurs chefs.

CHAPITRE 53

Rafraîchie par la brise, la salle des offrandes commençait à se remplir d'invités. Les dignitaires du temple et les officiers de sang noble appartenant à l'armée impériale prirent place autour d'une estrade en bois de rose. Sur cet ouvrage baigné d'une lumière chatoyante serait bientôt hissé le palanquin nuptial, une litière en ivoire recouverte d'un dais de soie. Les castes intermédiaires et les bataillons de rats issus des harems impériaux se rangèrent entre les colonnes de pierre aux cannelures rehaussées d'or fin. Derrière eux, le long des murs semés d'émeraudes et de rubis, le petit peuple des chapelles et des kiosques vint se presser dans un joyeux désordre.

Le cortège devait pénétrer dans la salle à l'instant précis où le dernier rayon du soleil couchant aurait cessé d'éclairer la plus haute coupole du sanctuaire.

À l'heure dite, les guetteurs chargés d'observer le déclin du soleil lancèrent des signaux aux sonneurs de la chapelle de la Fortune Céleste, et des carillons frénétiques annoncèrent l'ouverture des cérémonies.

Le Divin Brahma, exhalant des vapeurs d'encens, conduisait la procession des moines du couvent des Vies Austères et des renonçants de stricte obédience, rats engagés dans une ascèse aussi rigoureuse que celle des disciples humains de Jinah. Ces âmes pures étaient chargées d'ouvrir la voie aux futurs époux et de joncher leur chemin d'épines d'acacia. Le symbole dut échapper au régent qui, en qualité de premier témoin du prétendant, s'était joint au cortège nuptial. Il ne cessa de pester en son for intérieur tout le long de ce chemin hérissé de piquants.

Derrière les témoins et la parenté tanguait le palanquin où les époux prendraient place après la bénédiction du pontife. Une trentaine de rats gris portaient ce meuble imposant. Ensuite apparurent les jeunes fiancés. Omphale, escortée de cinq dames d'honneur, précédait Coriolan. La pucelle était recouverte d'un morceau de tapis moghol en velours de soie. Le poids de cet ornement rendait sa démarche incertaine et lente. À vingt pas derrière elle, Coriolan s'avançait coiffé de la tiare impériale et le pelage enduit d'argile rouge.

La foule avait fait silence.

Lorsque le pontife, juché en haut de l'estrade, poussa le cri orgasmique des rats du delta, un millier de musiciens soufflèrent dans leurs tuyaux de papyrus. La cérémonie entrait dans sa phase la plus solennelle.

À l'invitation du pontife, les témoins durent répondre de la vertu de chacun des futurs époux. Alcibiade énonça les formules consacrées sans reprendre haleine. Le prétendant était « un rat conforme aux canons de l'espèce, courageux, endurant, généreux, adroit, fécond, etc. » Il ne put s'empêcher de penser à ce qu'il aurait dit de sa personne si on le lui avait demandé. Lui qui avait tous les défauts et s'en faisait gloire.

Après ce rituel, le pontife convoqua les fiancés et procéda sur eux à l'échange des sangs. Il pratiqua une légère entaille à l'oreille d'Omphale, sa fille, en recueillit sur ses pattes une goutte de sang qu'il offrit à Coriolan de lécher. L'opération se renouvela en sens inverse. Omphale lapa à son tour le sang de son promis.

— Mes enfants, dit alors le pontife, soyez bénis au nom de la déesse mère, qu'elle vous garde en sa sainte protection.

Suivirent d'innombrables accolades, bourrades, bruyantes congratulations et crachats enthousiastes. Malgré tous ses efforts, Alcibiade ne put échapper à la liesse collective.

Coriolan attira Omphale contre lui et se dressa de toute sa hauteur pour la soustraire au tumulte et à la cohue qui menaçaient de l'emporter. Puis il chercha des yeux la silhouette de Yasmina. Sa compagne avait disparu, happée par la foule.

Le pontife, quant à lui, semblait furieux. Il n'en avait pas fini. Il émit un grognement.

— La bénédiction n'est pas tout...

Il appela Coriolan.

— Mon fils, fais-les reculer... C'est indigne !

Les nouveaux époux devaient maintenant grimper sur leur litière et consommer l'acte en public. Tout le monde paraissait l'avoir oublié.

Il fallut donner du bec et des griffes pour rétablir l'ordre et permettre aux époux d'accéder à leur couche.

Le coït dura moins de trente secondes. Omphale parut ne pas s'en apercevoir. Et Coriolan, surpris d'avoir si vite exécuté ce qu'il avait appris à faire en mille fois plus de temps, sentit qu'il n'était plus question d'amour. Mais de devoir d'État.

Pelotonnée au pied de l'estrade, Yasmina avait décidé d'ignorer la scène.

Dans l'attente du festin qui aurait lieu à l'aube, après que les dévots du temple eurent déposé leurs offrandes rituelles, chacun regagna ses pénates, les jeunes époux demeurant seuls dans la salle des parfums.

Omphale descendit de la couche nuptiale et pria Coriolan de la suivre. Elle lui montra le bassin où, enfant, elle venait se baigner en compagnie de ses nourrices. Le bassin, de peu de profondeur, était alimenté par une source extraordinairement pure. Les dévots y pratiquaient leurs ablutions avant la prière.

— C'est ici que je viendrai baigner nos petits...

Coriolan n'avait pas songé à cela. Engendrer une descendance, soit. Mais nicher à l'intérieur de ce temple, au milieu des sables du désert, non. Il lui fallait retourner au plus tôt en Occident et s'y faire proclamer Empereur ; Omphale l'accompagnerait.

La princesse voulut bien acquiescer à ce projet, mais il lui parut trop précipité.

— Tu n'as pas encore vu la crypte...

— Allons-y, fit Coriolan comme s'ils avaient simplement à poursuivre la visite.

— Ce n'est pas l'heure, mon prince... La crypte ne se laisse voir que par ceux qui l'ont méritée.

— Que faut-il faire pour mériter cet honneur ?

Omphale était gênée.

— Je l'ignore... C'est... C'est une chose bien mystérieuse que la crypte.

Coriolan, troublé à son tour, cessa de taquiner la jeune rate. Il se souvint de l'émotion qu'il avait ressentie en apprenant l'existence du temple et se rappela les visions prémonitoires qu'il avait confiées à Yasmina... Le destin l'avait conduit dans ce lieu pour réaliser la mission que lui avait confiée son père.

— Sais-tu ce que contient la crypte ?

Omphale, de plus en plus mal à l'aise.

— Non... Mon père n'a jamais voulu me la montrer. Il n'y a que les pontifes qui y ont accès. Eux, et...

— ... Et qui ?

— Je ne sais plus... Ne me tourmente pas, je t'en prie... Ce n'est pas là mon secret sinon je te le dirais. Je n'ai rien à cacher de moi.

— Alors nous attendrons de pouvoir nous rendre tous les deux dans cet endroit. Si j'en suis digne, tu le seras aussi.

Il avait cru lui faire un compliment mais Omphale émit un parfum de résignation. Un voile de tristesse semblait s'être abattu sur elle.

Comment aurait-elle pu lui transmettre l'intuition fulgurante qui venait de lui percer les entrailles ?

Elle ne vivrait pas assez longtemps pour descendre dans la crypte.

CHAPITRE 54

Après avoir passé en revue les troupes cantonnées sur la rampe d'accès et les gradins qui entouraient les murs du temple, le régent leur donna congé pour la nuit. Les rats gris avaient largement gagné, par leur vaillance et leur ténacité, le droit de prendre part au festin.

Alcibiade eut d'autant moins de scrupules à permettre aux 20 000 soldats de l'armée du Nord de célébrer les noces de leur prince que cette libéralité le rendait populaire tout en servant sa stratégie.

Il avait dégarni ses défenses et rendu le site vulnérable dès la première attaque. L'homme n'hésiterait pas à s'engouffrer dans la brèche. C'était le pari d'Alcibiade. Attirer la foudre sur le temple.

Le connaissant, je suis certain qu'il attaquera dès qu'il en aura l'opportunité. Une nuit, l'homme est venu repérer les lieux et dénombrer nos forces. Je l'ai deviné sous son déguisement. Il ne résistera pas à la tentation.

Une fois le temple investi et le carnage en cours, je m'esquive et pars rejoindre Sargamatas et sa horde. Il est prévu qu'ils se tiennent en haut des dunes, prêts à manœuvrer sous mes ordres. Alors, je prendrai l'homme à revers.

Ce combat promet d'être difficile mais j'aurai au moins la satisfaction d'avoir fait table rase de l'ancienne noblesse et de ces renégats d'Orientaux.

La mort est si douce quand elle emporte nos ennemis.

— Tu connais nos accords, fils...

Le Divin Brahma avait quitté ses oripeaux de pontife pour revêtir l'habit du despote.

Cette facette du personnage répugnait à Coriolan. Il se prêta au jeu pour gagner du temps.

Les accords secrets que lui avait suggérés le pontife dès leur première rencontre stipulaient le maintien du corps expéditionnaire sur place et sous le commandement d'Alcibiade pour une durée indéterminée. En clair, le régent n'était pas près de regagner le sérail. Encore plus clair, le pontife aurait tôt fait de l'empoisonner et de lui trouver un successeur parmi ses officiers. Le Divin pouvait tout se permettre sur son territoire. Entre-temps, Coriolan serait retourné en Occident pour s'y faire couronner Empereur.

— Quel sacrifice ne ferait pas un père pour sa fille unique, dit le pontife en lui rappelant les termes de leur contrat... Tu y gagnes un trône et moi, j'y perds la lumière de mes jours !

— Grand Précieux, s'exclama Coriolan d'un air outré, tu exagères. Il s'agit d'un troc pas d'une dot. Mon mariage assure la protection de ta personne et de ton peuple. Enfin, je te rappelle que je n'ai pas besoin de toi pour être Empereur.

Le Divin Brahma laissa dire. Il était tellement au-dessus de ces contingences dynastiques... Et puis ses convives s'impatientaient. L'heure était venue pour le pontife de présider le repas de noces.

— M'expliquera-t-on une bonne fois demanda Alcibiade à son voisin, comment il se fait qu'un seul dévot puisse, au moyen d'une seule corbeille déposée dans la nuit, fournir à 100 000 rats, sans compter les nôtres, assez de provisions pour faire bombance jusqu'à l'aube ?

Le voisin, un rat hydrocéphale qui passait pour être candidat à la succession du pontife (la grosseur de la tête risquait d'être un critère déterminant lors du prochain conclave), fit mine de ne pas comprendre le sens de la question.

— Tu ne veux pas me répondre parce que tu as peur de faire des jaloux, mais je sais compter : un sachet de farine, trois grappes de raisins, et cinq pots de confiture suffiraient à peine à nourrir une famille, alors ?

— « Caresse l'eau qui chante et tu seras riche de ses mille reflets »... Ça te convient ?

Le rat hydrocéphale replongea le museau dans sa sauce à la menthe.

Alcibiade, ulcéré, l'attrapa par le cou et lui jeta à la figure :

— Un : je ne mange pas dans la main de l'homme. Deux : je ne me trompe pas dans mes calculs. Trois : jamais un sagouin ne s'est payé ma tête sans y perdre la sienne !... Maintenant, face de gnome, réponds à ma question.

L'autre n'en revint pas. Que lui importait, à ce barbare, que la déesse Mère pratique la multiplication des offrandes afin de pourvoir aux besoins de ses enfants !... Lui demandait-on à ce butor comment il faisait pour sentir si fort la morue ?

D'ailleurs, il le lui demanda. Un prétendant au siège du pontife ne se laisse pas démonter pour si peu.

— Pourquoi sens-tu la morue ?

Dans l'atmosphère orgiaque qui régnait à ce moment de la fête, personne ne remarqua que l'énorme tête du rat hydrocéphale s'était subitement détachée de son buste. La tête mastiquait encore, mais son propriétaire venait de la perdre.

« Morue toi-même », marmonna Alcibiade en plantant ses crocs sanguinolents dans la pulpe d'un citron.

Tandis que le peuple ripaillait sous les portiques, le pontife et ses hôtes, à l'intérieur de la cour, faisaient cercle autour d'une montagne de victuailles. Si le Divin faisait honneur au festin, Coriolan ne prélevait que d'infimes portions. Omphale s'en inquiéta.

— Quel souci te chagrine, mon prince ?

— De n'avoir pas mérité d'entrer dans la crypte...

Ça l'obsédait.

Pour le distraire, Omphale ramena la pensée de son époux vers le seul sujet qui puisse l'intéresser encore.

— Pourquoi ne pas inviter Yasmina à nous

rejoindre ? Elle dîne en compagnie des dames d'honneur et je crains que la conversation de ces coquettes ne l'ennuie...

Yasmina vint prendre place aux côtés d'Omphale. Son humeur était au moins aussi sombre que celle de Coriolan. Elle s'en excusa auprès de la princesse. Omphale la rassura d'une tendre inclinaison du museau.

— Nous sommes tous un peu ivres et fatigués par la cérémonie.

— A-t-on vu Alcibiade ? dit soudain Coriolan.

— Décidément, mon prince, susurra Omphale, tu as besoin d'avoir tout ton monde sous le nez !

On fit chercher le régent. Il avait disparu.

CHAPITRE 55

L'homme trébucha dans sa course, se reprit, et rajusta sur son crâne la dépouille sanguinolente dont il s'était coiffé. Un superbe trophée que cette bête. Il avait eu du mal à l'arracher aux petits monstres qui l'avaient écorchée. Mais il était leur dominant. Les plus belles proies lui revenaient d'office.

La bête, de taille imposante, était borgne, hermaphrodite, et sa fourrure tigrée aurait fait la fierté d'un porte-enseigne de légion romaine.

David Quasar se couvrit de cette dépouille comme on entre dans la peau de son ennemi. Pour mieux le combattre.

Lui et sa meute avaient tué leur premier rat de la journée. Par hasard, en sortant du fortin pour se diriger vers le temple. Ils s'en trouvaient maintenant à proximité.

On s'amusait là-bas. Pas de lumières, peu d'échos, mais les centaines de milliers de créatures qui grouillaient autour de Quasar en captaient les énergies. Et ça les excitait dangereusement. Quasar, dans un doux bruissement de syllabes, raffermit l'emprise mentale qu'il exerçait sur la meute. Il leur faudrait patienter encore un peu.

La multitude se déploya sur les crêtes et dans les creux avant de s'y enfouir, pareille au feu couvant sous la cendre. Quasar soufflait de temps à autre sur ces braises pour en ranimer l'ardeur. L'incendie devait éclater et se propager juste avant l'aube, à la fin du banquet.

Plus une sentinelle debout. Toutes endormies. Les rats étaient ivres morts. Inutile de les flageller ou de les mordre. Ils ne se réveilleraient pas de sitôt.

Alcibiade fit le tour du temple. Il n'y avait plus d'unités en état de combattre. Il ne lui restait plus qu'à déserter et à rejoindre la horde de Sargamatas. D'après son dernier message, le borgne venait d'exécuter les proconsuls et s'était mis en marche avec ses prétoriens. Il ne devait plus être loin.

Alcibiade fut donc le premier à sentir l'odeur de l'homme rôdant dans les parages. Lui et ses créatures.

L'attaque aurait donc lieu.

Soudain, il aperçut la silhouette de l'homme en haut des dunes. Il brandissait une torche devant lui. Alcibiade s'approcha et découvrit alors la gueule béante de Sargamatas qui oscillait sur la tête de David Quasar... La dépouille du vaincu.

Cette vision lui causa une douleur atroce. Le

splendide animal avait cessé de rugir et d'égorger sa race. Alcibiade avait tout perdu en perdant ce démon docile.

Il lança un cri de rage auquel répondit le cri de Quasar.

L'attaque était lancée.

Alcibiade fit volte-face et courut ventre à terre en direction du temple... Puis il se ravisa et contourna les dunes pour éviter le flot des assaillants.

La meute entra dans le sanctuaire comme dans une motte de beurre. Le saccage fut immédiat. La tuerie phénoménale. Les mutants guidés par Quasar s'abattaient comme des mouches sur les dormeurs entassés dans la cour et sous les portiques.

Pourtant, un nid de résistance se forma. Dans le salon des parfums, Coriolan, entouré d'un millier de rats gris, officiers et soldats mêlés, tenait tête à l'ennemi.

Le Divin Brahma, Omphale et Yasmina, s'abritèrent derrière ce rempart.

Le combat semblait désespéré. L'assaillant se montrait insensible aux morsures, insensible aux coups. Il resserra son étau sans aucune perte dans ses rangs. Mais Coriolan reprit courage. Il avait repéré dans les comportements de l'agresseur un schéma sommaire, sans inventivité, comme si chacun de ces mutants, privé d'initiative, obéissait à un plan réglé d'avance.

Tandis que le cercle se refermait, Coriolan fit reculer ses soldats. Plus question de se battre de front. Il fallait trouver une issue.

Les mutants avançaient toujours, agglomérés les uns aux autres, inexorablement.

Coriolan dut mobiliser toutes les ressources de son esprit pour contenir cette masse bouillonnante.

C'est alors qu'il devina la nature du combat qu'il était en train de livrer. Un combat mental.

Il avait en face de lui le mal absolu. Un mal proliférant, dévorant.

Brusquement, des cris de panique retentirent dans son dos. Une dalle venait d'être soulevée, ouvrant le passage à un flot de mutants. Ils étaient pris à revers. Pire, scindés en deux. Omphale fut engloutie et déchiquetée en quelques secondes. Yasmina et le pontife eurent la vie sauve en restant près de Coriolan.

Le prince ne put rien faire sinon d'empêcher le pontife de se jeter à son tour dans la mêlée et d'y perdre instantanément la vie.

Après ce carnage, un sursis leur fut accordé.

Au milieu du carré formé par les derniers défenseurs, le pontife, recroquevillé sur lui-même, récita une prière. Yasmina, elle, se porta aux côtés de Coriolan, en première ligne. Son corps frémissant exhalait une colère intacte. Elle avait tenu bon. Elle se battrait jusqu'à son dernier souffle.

En face, l'adversaire semblait hésiter à lancer l'assaut final. Dans ces milliers de cervelles sous influence, manipulées par une volonté supérieure à la leur, un début de confusion s'installa. La mécanique se grippait.

David Quasar, qui commandait la manœuvre du haut des dunes, ne parvenait plus à se concentrer sur l'objectif.

Un gros rat venait de lui sauter dessus. Sans préavis.

Les yeux noirs de son agresseur étincelaient d'une haine aussi féroce que la sienne.

Une sueur glacée inonda soudain le visage de Quasar. Il avait reconnu chez ce rat enragé l'adversaire qu'il avait affronté dans son laboratoire, à l'époque où il travaillait à la fondation. Cet animal avait souillé les photos de ses enfants et l'avait cruellement mutilé.

Quasar eut un instant d'hésitation. Erreur fatale. Alcibiade lui porta une attaque en pleine face, crochetant les lèvres, labourant les joues, déchirant les narines. Il cherchait à se hisser jusqu'au sommet du crâne pour s'emparer de la dépouille du borgne dont Quasar s'était coiffé.

Ce dernier poussa un hurlement et sa main d'acier agrippa l'échine du rat pour lui briser les reins. Alcibiade répliqua en lui enfonçant ses crocs dans l'œil droit et en l'arrachant de son orbite. Le sang gicla. Quasar, hurlant de terreur et de souffrance, roula par terre. Alcibiade allait l'achever d'une morsure à la gorge quand un bourdonnement de frelons se fit entendre qui remontait vers eux. Alcibiade n'eut que le temps de s'emparer de la dépouille de Sargamatas et de s'enfuir avec elle.

Sans l'avoir voulu, le régent venait de sauver le prince et ses fidèles. David Quasar avait perdu tout contrôle sur ses mutants.

À l'intérieur du temple, Coriolan sentit fondre leur agressivité.

— Tous avec moi ! cria le prince en entraînant les rescapés dans son sillage.

Ce fut la ruée. Même le pontife tenta sa chance. Il galopait et psalmodiait en même temps. Les rats gris franchirent le premier portique, mais furent arrêtés au suivant par des monceaux de cadavres.

— Par là ! couina le pontife en désignant une enfilade de statues.

La galerie débouchait sur le parvis du sanctuaire.

Les fugitifs n'avaient momentanément plus rien à craindre de leurs ennemis. Ces derniers, plongés dans une profonde hébétude, allaient divaguant et se cognant les uns aux autres.

Au pied du grand escalier, Coriolan s'assura que sa troupe l'avait suivi. D'autres survivants les rejoignirent. Ils en sortait de partout. Rats apeurés, soldats de l'armée d'Alcibiade, grands prêtres... On en vit même sauter du haut des kiosques et se recevoir sans trop de mal sur le sol sablonneux.

Vivants, mais pas sauvés pour autant.

Le jour s'était levé, découvrant l'immensité du désert. Coriolan inspecta les dunes du regard au moment où Alcibiade, traînant la dépouille de Sargamatas, en dévalait les flancs. Coriolan l'aperçut, lui lança un message. Alcibiade le reçut qui répondit aussitôt :

— Fichez le camp, je les ai aux fesses !

À une centaine de mètres dans son dos, Quasar qui s'était ressaisi, menait la chasse. Ce fou furieux entraînait dans son sillage des milliers de rats atrophiés redevenus aussi voraces que des piranhas.

Massés sur l'esplanade qui entourait le temple, les survivants du carnage assistèrent, médusés, à la course-poursuite à laquelle se livraient le régent et Quasar. L'homme, emporté par sa soif de revanche, avait distancé sa meute et gagnait de vitesse Alcibiade. Le rat, exténué, dut se défaire du fardeau qui entravait sa course et se mit en boule.

— Il est pris ! hurla l'un des soldats qui se trouvait sur l'esplanade.

— Pas encore, fit Coriolan en rameutant les plus valides de sa troupe.

Ils furent quelques centaines de rats, vétérans, grenadiers, sapeurs, à se lancer dans une charge héroïque. Leur prince en tête. Quelques mètres les séparaient encore de la dune où le régent venait de se faire prendre.

Quasar s'était jeté sur Alcibiade et le martelait de coups. Il ne voyait plus rien. Il était couvert de sang. Et il frappait encore. Puis, brusquement, une douleur atroce lui vrilla la nuque et le plia en deux.

Les autres étaient sur lui. Il succomba sans un cri.

Coriolan n'avait pas participé à la curée. Il guettait la réaction des mutants. Elle fut ce qu'il espérait.

Quasar avait cessé de guider leurs actes. La mort du savant qui avait fait naître ces créatures et les avait modelées à l'image de sa haine les rendit à eux-mêmes. Autant dire à presque rien. Privés de leur maître, léthargiques, incapables de se diriger et d'agir par leurs propres moyens, ils n'offraient plus aucune menace. Il y en avait une multitude dispersée alentour. Condamnée à périr à brève échéance.

CHAPITRE 56

Quand Darius et Goliath se présentèrent à la tête de leur armée sur le parvis du temple, ils crurent être arrivés trop tard. Ils ne voyaient autour d'eux que des larves à l'agonie. Dans le ciel tournoyaient des milliers d'oiseaux charognards.

Ils avaient aussi piétiné le cadavre démembré d'un homme sans visage.

— C'est ta faute, glissa Darius à Goliath. Pourquoi ce détour par un village en ruine ?

— C'était là que l'homme blanc avait son repaire, se défendit Goliath. J'espérais l'y surprendre.

— Il n'y avait personne et nous avons perdu du temps à fouiller les environs... Tu es trop naïf !

Allusion délicate à leur récente mésaventure. Goliath se renfrogna. Son compagnon affectait avec lui des airs supérieurs. On le traitait comme un gamin.

— Dis tout de suite que tu veux le proconsulat pour toi tout seul... Allez, dis-le !... Je sais ce que tu penses : Goliath n'est bon qu'à cogner... N'empêche qu'au fond du puits, si je m'étais contenté d'écouter ton cours de stratégie, on y serait encore à pourrir par les pieds !

Les répliques fusaient, de plus en plus aigres, quand une phéromone provenant d'une coupole du sanctuaire vint leur chatouiller les moustaches.

— Arrêtez de vous chamailler, tous les deux... On a besoin de vous.

C'était Coriolan.

Une heure plus tard, le Vieil Homme pénétrait à son tour dans l'enceinte du temple, provoquant un mouvement de stupeur parmi les survivants qui s'y trouvaient rassemblés. Seul le Divin Brahma qui se tenait au milieu de la cour dallée de marbre blanc ne marqua aucun étonnement devant cette apparition. Il ordonna à son peuple de gagner en silence l'ombre des portiques et pria Coriolan d'agir de même avec ses soldats. Le prince, après avoir rangé ses troupes à l'écart, revint se placer à quelques pas derrière le pontife.

Puis le Vieil Homme s'avança devant le souverain des rats sacrés en le fixant droit dans les yeux. Le pontife soutint ce regard. Il brûlait de curiosité. Le Vieil Homme déposa le coffret en bois précieux devant lui et s'accroupit dans la posture d'un moine tibétain.

Pendant les quelques minutes qui suivirent et qui semblèrent durer une éternité, le pontife et le Vieil Homme échangèrent des propos que personne autour d'eux ne put déchiffrer.

— Grand Précieux, dit le Vieil Homme, Jupiter m'a demandé d'être inhumé dans la crypte du temple pour que son âme, enfin délivrée du carcan de la chair, puisse répandre son parfum d'amour dans le cœur de tous les rats et de tous les hommes qui peuplent la terre.

— Tu peux compter sur moi, répondit le pontife. Le temple a été construit pour accueillir l'âme de l'Empereur. J'ignorais, comme tous mes prédécesseurs, quand viendrait ce jour. D'en être témoin me remplit de joie et de fierté. Jupiter reposera dans la crypte et nous connaîtrons la paix dans nos cœurs.

Un silence suivit. Puis le Vieil Homme se leva avec une surprenante légèreté, comme soulagé d'un lourd fardeau, et quitta la cour.

Tout au long de cet entretien dont le sens lui échappait, Coriolan fut la proie d'une intense émotion.

Le contenu de ce coffret le concernait plus que tout au monde.

Son cœur battait à tout rompre. Son esprit s'obscurcissait. Il se sentit littéralement *appelé*...

Au milieu de la nuit, le Vieil Homme, le pontife et Coriolan se rendirent à l'entrée d'une chapelle fermée par une lourde porte en bronze. La porte tourna lentement sur ses gonds. La chapelle était vide. Elle donnait sur des marches qui s'enfonçaient dans les profondeurs de la terre. Le Vieil Homme tenait le coffret dans ses bras et se laissait guider par les rats habitués à évoluer dans l'obscurité. L'escalier menait à une crypte. Le pontife demanda au Vieil Homme d'allumer les flambeaux disposés de part et d'autre de la voûte qui en marquait le seuil. Alors, la crypte apparut dans sa splendeur et son étrangeté : antre primordiale, aux parois lisses et scintillantes comme les entrailles d'un glacier. Des arches soutenues par des piliers d'airain rythmaient cet espace aussi imposant que celui d'une basilique. Leur forme paraissait avoir été conçue pour absorber les sons et rendre ce sanctuaire aussi silencieux que le vide sidéral.

Le sépulcre abritait des centaines de niches alvéolaires. Chacune de ces cavités contenait les reliques de rats illustres et portait une inscription funéraire indiquant leur nom, leurs titres, et pour certains d'entre eux, leur devise.

Le pontife invita le Vieil Homme et Coriolan à le suivre jusqu'au fond de la crypte. Là se trouvait un emplacement encore inoccupé. Le plus grand de tous. Il surplombait l'alignement séculaire des tombeaux. Le Vieil Homme s'en approcha, son visage exprimait une joie simple. Au moment de déposer le coffret dans la niche funéraire, une lumière aveuglante emplit la crypte. Tous les autres tombeaux baissèrent de niveau et disparurent dans le sol. Puis un parfum subtil et pénétrant s'échappa du coffret et flotta au-dessus du jeune prince.

— À toi, maintenant, dit le pontife à Coriolan.

Le prince, à l'aide de ses dents, grava sur le mur,

dans une écriture connue des seuls héritiers de la dynastie impériale, l'épitaphe de Jupiter :

LA PAIX EST MON ROYAUME

La dépouille de cet immense guerrier avait enfin trouvé le repos. Son âme pouvait maintenant répandre chez les rats et les hommes le parfum d'harmonie et de paix dont elle débordait.

Pour Coriolan, rien ne serait plus comme avant. Son règne accoucherait d'un monde nouveau.

Avant que le pontife et Coriolan aient fini de se recueillir devant le tombeau de Jupiter, le Vieil Homme se retira discrètement de la crypte. Une fois dehors, un malaise le fit chanceler. Il se ressaisit, et gagna le parvis du temple.

Peu après, le Divin Brahma et le prince sortirent à leur tour et retournèrent à leurs terriers sans échanger un mot ni un regard.

À l'aube, dans le désert, à même le sable, le Vieil Homme gisait, yeux clos, bras croisés sur la poitrine.

Sa mission accomplie, Tadeuz Karoly avait simplement ordonné à son cœur de cesser de battre.

CHAPITRE 57

Par une nuit de pleine lune, sur le cargo pétrolier qui ramenait les survivants du corps expéditionnaire vers l'Empire du Nord, Yasmina et Coriolan quittèrent leurs caches pour se rendre sur la passerelle de timonerie.

Yasmina voulait voir son astre favori se refléter à la surface de l'océan.

Du bastingage, ils admiraient le spectacle quand une ombre immense, celle d'un rat colossal, prit forme devant eux.

Coriolan contempla l'ombre et perçut distinctement, venu du fond des ténèbres, l'écho d'une voix qui lui disait :

— Je suis fier de toi…

Épilogue

Sans ma conduite héroïque, le prince, le pontife et leurs croquants ne seraient plus aujourd'hui qu'un tas d'ossements desséchés par le soleil. Ils me doivent la vie! Et pour m'en remercier, ils m'ont fait un procès... Alcibiade, régent de l'Empire, traduit en justice!... Le plus cocasse était de voir le pontife, cet Oriental pourri jusqu'à la moelle, présider le tribunal.

De quoi m'accusait-on?... « De forfaiture, constitution de bande armée, tentative de complot visant la personne du prince héritier, désertion devant l'ennemi et crime de haute trahison... »

Tout était vrai. Pourquoi m'en rendre coupable? Je n'ai fait qu'obéir à mes instincts naturels.

Le procès s'est tenu à huis clos. Darius et Goliath ont, bien sûr, témoigné contre moi. Darius avec sa langue de vipère et Goliath avec ses airs de crétin.

Le verdict fut sans surprise. Ils m'ont confisqué mes biens, dégradé et banni de l'Empire.

Le bâtard n'a pas eu le cran de m'égorger. C'est un hypocrite.

Il m'a abandonné sur un rocher, au milieu de l'océan.

Mais aussi isolée que soit une île déserte, pour qui sait attendre, il y a toujours un bateau qui passe…

FIN DU TOME II

Du même auteur :

La Gagne, Olivier Orban, 1980.
La Nuit des enfants rois, Olivier Orban/Éditions n° 1, 1981.
Voyante, Olivier Orban, 1982.
La Guerre des cerveaux, Olivier Orban/Éditions n° 1, 1985.
Substance B., Olivier Orban, 1986.
Les Enfants de Salonique, Olivier Orban, 1988.
La Femme secrète, Olivier Orban, 1989.
Diane, Olivier Orban, 1990.
Vol avec effraction douce, Édition° 1, 1991.
Ennemi, Édition° 1/J.-Cl. Lattès, 1992.
Les Maîtres du pain, Plon, 1933.
Les Maîtres du pain, II, *L'Héritage*, Plon, 1994.
La Fortune des Laufer, Plon, 1996.
L'Empereur des rats, Plon, 1997.

Composition réalisée par INTERLIGNE

IMPRIMÉ EN ALLEMAGNE PAR ELSNERDRUCK À BERLIN
LIBRAIRIE GÉNÉRALE FRANÇAISE - 43, quai de Grenelle - 75015 Paris.
Dépôt légal Édit. 4142-05/1999
ISBN : 2-253-14649-8

31/4649/5